妹に婚約者を取られたら、
獣な王子に求婚されました
またたびとして溺愛されてます

妹に婚約者を取られたら、獣な王子に求婚されました
～またたびとして溺愛されてます～

桜井 悠

illustration 氷堂れん

CONTENTS

1章　「婚約者を譲れと言われました」
P.006

2章　「殿下に手を握られてしまいました」
P.023

3章　「またたびとして求婚されました」
P.051

4章　「とっておきのドレスを」
P.108

5章　「家族にわがままを言ってみました」
P.148

6章　「狐に獅子の咆哮を」
P.207

終章　「私は殿下のまたたびです」
P.263

書き下ろし番外編　「香水と獅子と」
P.268

あとがき
P.286

ICHIJINSHA IRIS NEO

この作品はフィクションです。
実際の人物・団体・事件などには関係ありません。

妹に婚約者を取られたら、獣な王子に求婚されました～またたびとして溺愛されてます～

1章　「婚約者を譲れと言われました」

「お姉様、お願いです。私に譲ってくれませんか？」

――そう妹にねだられたのは、もう何度目になるだろうか？

コーデリアは内心ため息をつき、目の前の妹を見やった。

妹のプリシラは、とても美しい少女だ。ゆるく波打ち光を弾《はじ》く、星屑《ほしくず》を散りばめたような銀の髪。明るい青の瞳《ひとみ》は長いまつ毛に縁どられ、唇はほんのりと紅《あか》く色づいている。

華奢《きゃしゃ》で小柄な体を、愛らしいピンクのドレスで包んでいるプリシラ。

一方、姉であるコーデリアは、プリシラにあまり似ていなかった。髪はごくありがちな茶色でまっすぐ、瞳は落ち着いた青色。背は女性にしては高めで、ドレスは流行遅れの地味な色合いのものだ。

向き合う姉妹の共通点は、瞳の色が青系統であるくらいだろうか？　表情はまるで別物。乾いた目をしたコーデリアとは対照的に、妹は可憐《かれん》な笑みを浮かべていた。

「私、トパック様のことを好きになってしまったんです」

プリシラは上目遣いでコーデリアを見つめると、傍らの青年に抱きついた。薄茶の髪に整った顔立ちのトパックは、コーデリアの婚約者であるはずの青年貴族だ。彼はプリシラに向け、甘く熱い視線を送っていた。

「僕はプリシラを愛しているんだ。コーデリア、君には悪いと思っているが……」

気まずそうに語尾を濁すトパックの手を、華奢なプリシラの手が包み込む。

「プリシラ……」

「トパック様……」

潤んだ瞳で見つめあう二人を、コーデリアはため息をつきたい気分で眺めた。

トパックの口にした謝罪も罪悪感も、形だけなのが丸わかりだ。コーデリアの存在は今や、『婚約者の妹と恋に落ちてしまった罪な自分』に酔うための、材料にしかなっていないようだった。

恋に酔い盛り上がる二人とは逆に、コーデリアの心は冷え込んでいく。すると、そんなコーデリアから仲睦《むつ》まじい恋人たちを庇《かば》うように、二人の人間が立ちふさがった。

「コーデリア、おまえ、二人を引き裂こうなどと、変な気を起こすなよ？」

「辛《つら》いでしょうけど諦《あきら》めなさい。恋心は止められないものよ」

口々に諭《さと》すのは、コーデリアの両親だった。

婚約破棄された娘をいたわるでもなく、追い打ちをかけるように言葉を重ねていく。

「姉なんだから、可愛《かわい》い妹のことを思いやってあげなさい」

「トパック君は素敵な男性だ。残念だが、おまえとは釣り合わなかったということだ」

「プリシラはやっと、運命の恋を見つけたのよ。今回は譲ってあげなさい」

姉の婚約者を奪った妹を可愛がれと、祝福してやれと諭す両親たち。

（今回は、じゃなくて、今回も譲ってやれ、の間違いじゃない……）

コーデリアは笑うしかなかった。涙は流れず、瞳は乾ききっている。

目の前の両親にとってコーデリアは、プリシラの幸せを邪魔する障害物でしかなかった。昔からいつだって両親は、プリシラの味方をしてきたのだ。

「……わかりました。婚約破棄を受け入れます。トパックの婚約者の座は、プリシラに譲ることにします」

そう、わかっている。

わからされていた。

両親が大切にしているのはプリシラで、姉であるコーデリアは全《すべ》てを妹に譲り、諦めざるを得ないのだと、十八年の人生で、嫌になるほど理解させられていたのだった。

◇◇◇◇◇◇◇◇◇◇◇◇◇◇◇◇◇◇◇◇

人と獣人が住まい、魔術が息づく大陸。ライオルベルン王国は大陸西部に位置する、獅子《しし》の精霊により建国された伝説を持つ国だ。

グーエンバーグ伯爵家は、そんなライオルベルン王国の中堅貴族だった。

伯爵家にコーデリアが生を受けた三年後、プリシラが妹として誕生することになる。

プリシラは赤子の頃《ころ》から整った顔立ちで、絶世の美少女の片りんをのぞかせていた。その愛らしさに両親は心奪われ、掌中《しょうちゅう》の珠《たま》のごとく、大切に大切に可愛がることになった。

プリシラを溺愛《できあい》する両親の姿を、乳母《うば》に抱えられ眺めている自分。

それがコーデリアの覚えている、人生で一番初めの記憶だった。

『赤子の世話は手のかかるものです。ご両親が妹君にかかりきりなのも今だけですよ』

そう乳母に言い聞かされ、コーデリアは涙をこらえ我慢していた。寂しかったけれど、プリシラはコーデリアにとっても大切な妹だったからだ。

透き通る銀の髪に、こぼれ落ちそうな大きな瞳、抜けるような白い肌を持つプリシラ。

可憐で儚《はかな》げな容姿の印象通り、幼い頃のプリシラは体がとても虚弱だった。発熱と咳《せき》を繰り返すプリシラに両親は構いきりになり、コーデリアを顧《かえり》みることはなかった。

『両親を恨んではいけません。病弱な妹を助けられるよう、あなたは立派な伯爵令嬢となりなさい』

父方の祖母の言葉だ。

両親に放置されたコーデリアを育てたのは、一緒に暮らしていた祖母だった。

『わたしがいい子にしていたら、おとうさまたちはかわいがってくれますか？』

『ええ、きっとそうなるわ。コーデリア、あなたは賢くて優しい子よ。あなたが立派な令嬢になれるよう、私が導いてあげましょう』

祖母はコーデリアの教育を引き受け、一人前の令嬢に仕立て上げてくれた恩人だ。

厳しくて、けれども深い愛情にあふれた、コーデリアにとってかけがえのない肉親だったが――

『わたし、おばあさまはきらいよ。いっしょにくらすなんてぜったいにいやっ!!』

そんな祖母のことを、両親に甘やかされたプリシラは激しく嫌い抜いていた。

プリシラが病弱だったのは、ごく幼い頃だけのこと。七、八歳になる頃には、外を自由に走り回れる健康体になっていたが、それまで病人として甘やかされた結果、我慢の利かない性格に成長していた。

わがまま放題のプリシラを、祖母が躾《しつ》けようとしたが、両親に阻まれることになる。

両親にとっては、プリシラがわがままを言う姿さえ可愛かったようだ。伯爵家の当主でもある父に疎《うと》まれ、コーデリアと祖母の二人は、領地の別邸へと追いやられることになった。

そうして始まった祖母との別邸での暮らしは、コーデリアにとって悪いものではなかった。

妹を猫かわいがりする両親の姿を見せつけられることもなく、伯爵家の令嬢として必要な知識と教養を身につける毎日が過ぎていく。

領民たちと仲良くなり、気さくな侍女たちとおしゃべりを楽しんだりもしていた。

そんな平穏で幸福な毎日は、祖母が亡くなった三年前に終わりを告げることになる。

その当時、コーデリアは十五歳になっていた。結婚適齢期ということもあり、王都の屋敷に呼び戻され、両親の決めた婚約者と顔を合わせることになったのだ。

◇◇◇◇◇◇◇◇◇◇◇◇◇◇◇◇◇◇◇◇

「最初の婚約者とは、二か月もたなかったのよね……」

コーデリアは、自室で一人呟《つぶや》いた。

最初の婚約者は二か月、次の婚約者は半年、その次の婚約者にいたってはわずか十日で。

全員が妹のプリシラに惚《ほ》れ込み、コーデリアとの婚約破棄を求めてきたのだった。

(今回のトパックは三か月。歴代の婚約者に比べれば長い方ね)

やや優柔不断《ゆうじゅうふだん》なところがあるものの、穏やかで人当たりのいいトパック。

コーデリアは彼にそれなりに好感をもっていたが、またもや妹に奪われてしまったのだ。

「本当にもう、嫌になっちゃうわね……」

ため息の対象は無邪気に姉の婚約者を奪う妹と、妹を甘やかす両親。加えて、あっさりと妹を選んだ元婚約者たちや、奪われるままだった自分自身、それら全てに対してだ。

婚約破棄も四度目ともなると慣れてくるが、それでも心の軋《きし》む音が消えることはなかった。

気を紛らわすように書類仕事に没頭していると、ふいに部屋の扉が叩《たた》かれた。

「お姉様、いる？　どうしてお祝いに出てくれないの？」

プリシラだ。遠慮なく扉を開け、着飾った姿をのぞかせていた。

「あなたの婚約祝いの会食は欠席すると、そう伝えていたはずよ？」

トパックに婚約破棄を申し出られてから、まだ三日しか経《た》っていなかった。

今日の会食を発案したのは両親だったが、コーデリアは欠席を申し出ている。

「どうしてお姉様？　やっぱり私のこと許してないの？　トパックを奪うつもりなの？」

「なんでそうなるのよ……」

自分からトパックを奪っておいて、一体何を言っているのだろうか？

今更トパックにすがりつき、彼らの邪魔をする気はさらさらない。それどころか、二人の婚約のための雑事仕事を請け負っているのだから、感謝して欲しいくらいだった。

「プリシラ、私は忙しいの。婚約ということは、貴族の家同士が新たな契約を結ぶということよ。たくさんの人間が関わることになるし、いくつもの手続きが必要になるわ」

「そんなこと、私のお祝いとは関係ないでしょ？」

首を傾《かし》げるプリシラに、コーデリアの顔から表情が抜け落ちた。

妹はいつもこうだ。

欲しいものは姉から奪い、面倒なことは全て押し付け、理解しようとするそぶりすら無かった。

コーデリアだって、妹の尻拭《しりぬぐ》いなど投げ出したいのが本音だ。

だが残念なことに、伯爵家でまともに働ける人間は、コーデリアしかいなかった。

妹は論外。両親も妹のわがままを止めようともせず、浪費を重ねるだけの存在だ。伯爵家の仕事をコーデリアが投げ出せば、すぐに立ち行かなくなるのは明らか。今回だって、両親は妹の新たな恋を無責任に祝うだけで、手続きや雑務は全てコーデリアに丸投げだ。

そんな忙しい中、時間を捻出《ねんしゅつ》して妹たちを祝ってやる気には、コーデリアもさすがになれないのだった。

「何と言われようと、私はあなたたちの婚約祝いに出る時間は無いの。会食がもうすぐ始まるんだから、主役のあなたは早く戻った方がいいわ」

「お姉様が一緒じゃなきゃ嫌よ。ほら、早く行きましょうよ」

聞く耳を持たない妹に、コーデリアの袖《そで》がぐいぐいと引っ張られる。

「ちょっと、やめなさい。袖が伸びてしまうわ」

「きゃっ」

軽く腕を振り払うと、プリシラがよろめいた。

その体を、

「プリシラ、危ない！」

「トパック様！」

部屋に飛び込んできたトパックが抱き留める。

体を密着させた二人は手を重ね、しっかりと抱き合っていた。

トパックはプリシラに甘く微笑《ほほえ》みかけた後、一転してコーデリアを睨《にら》みつけた。

「見損なったぞコーデリア!!」

トパックが吐き捨てた。

「君が妹に乱暴をする女だなんて幻滅だ!!」

「乱暴？　袖を引っ張られたから振りほどいただけよ？」

「……やりすぎだ。プリシラは転びかけたんだぞ？」

壊れ物を扱うように、トパックがプリシラを抱き寄せる。優しくも力強い恋人の手に、プリシラも幸せそうに身を預けた。

――――可憐な令嬢と、彼女を守る麗しい貴族の青年。

事情を知らない者からすれば、まるで演劇の一幕のようにも見える美しい二人だ。

(これじゃ、まるで私が悪役の令嬢ね)

乾いた目で見つめていると、トパックが再び食ってかかってきた。

「まだ謝る気は無いのか？　そもそも、君が今日の会食に出ようとしないから悪いんだろう？」

「欠席は申し訳ありませんが、私は忙しいんです」

「忙しい？　君はさっきからそればかりだな。そんなに僕と妹のことを祝いたくないのか？」

「さっきからそればかり……？」

コーデリアは眉《まゆ》をひそめた。

トパックはどうも、自分とプリシラとの会話を盗み聞きしていたらしい。

だからこそ、妹がよろめいたタイミングで、素早く支えることができたようだ。

「あなた、部屋の外で私と妹の会話を聞いていたのよね？　その上でなお、私を責めると言うの？」

「当然だ。君の書類仕事なんかより、僕達の婚約祝いの方が大切に決まってるじゃないか」

……忙しく書類と格闘していたのは全て、トパック達の尻拭いをするためだ。

元婚約者ということで残っていた最後の情も、綺麗《きれい》さっぱり消え去る発言だった。

(私と婚約していた頃は、もう少し周りが見える人だと思っていたのだけど……)

それだけ妹に心を奪われ、盲目になっているのだろうか？

恋に浮かされるトパックの様子に、コーデリアは軽い頭痛を覚えた。

「……では聞くけど、あなたは本当に私が、今日の会食に出席するのを望んでるの？」

「当たり前だろう？　君がどんなに性格が悪かろうが、プリシラの姉であることは変わりないんだ。

婚約を祝う場に家族が欠けていては、プリシラがかわいそうじゃないか」

「そうね、私はプリシラの姉よ。でもね、あなたの元婚約者でもあるの。私、あなたのご両親とも面識があるってこと、忘れていないかしら？」

「それは……」

トパックが言いよどんだ。

彼の両親は、ごく真っ当な常識を持った貴族だ。そんな彼らが、トパックの元婚約者であるコーデリアの参加を歓迎するわけがなかった。

その程度、少し考えればわかるはずだが、恋に酔うトパックには思い至らなかったらしい。

もごもごと口を動かすと、ばつが悪そうに顔を背けた。

「……っ。わかった。君は欠席すると、僕からも両親に伝えておこう」

「トパック様、そんな……」

「ごめんよプリシラ。でも、コーデリア一人が欠席したくらいで、僕たちの絆《きずな》は揺るがないさ」

トパックは無責任に言い放つと、逃げるように去っていった。

(プリシラを置いて逃げるのね……)

いっそトパックが、プリシラ以外目に入らないと。

周囲にどれほど非難されようと、プリシラへの愛を貫くといった態度であれば。

コーデリアだって、元婚約者の新しい恋を応援できたかもしれないのに。

(けど、トパックにそこまでの思いも覚悟も無いわ。妹に迫られて、その気になっているだけね)

とびっきりの美少女が、一心に自分へと愛を告げ抱きついてくるのだ。

男としては悪い気がせず、肉欲や優越感をいつしか、恋心だと勘違いしてしまったに違いない。

優柔不断で押しに弱い、トパックらしい流れだった。

「トパック様……。そんな、酷《ひど》いです……」

プリシラが体を震わせ、うっすらと涙ぐんでいた。

酷い酷いと呟くプリシラに、コーデリアは一つ質問をぶつけることにした。

「ねぇプリシラ、あなた、トパックのことを愛しているのよね？」

「えぇ、大好きよ。どうしてそんなことを聞くの？」

「トパックのどこを、あなたは好きになったの？」

トパックは容姿こそ優れていたが、それ以外には特筆するところの無い青年貴族だ。

プリシラがコーデリアの婚約者を奪うこと四度。トパックには、今までの三人と趣味や性格に明らかな共通点も無く、なぜ妹が惚れたのか不思議だった。

「人を好きになるのに理由はいらないわ、お姉様」

「……じゃぁどうして、相手がトパックじゃなくては駄目だったの？　いつから彼に恋をしていたのか、思い当たる点は無いかしら？」

「いつから……？　うぅん、だったら……」

顎《あご》に指を当て、考え始めるプリシラ。

その瞳《め》に涙の気配は無く、既に完全に乾ききっていた。

「……お姉様のことを見つめるトパック様の横顔を、見てしまった時かしら？」

「私を？」

「お姉様を見るトパック様の瞳が優しくて素敵で……。気づいたら、恋をしてしまっていたの」

頬《ほお》に手を添え顔を赤くするプリシラ。

花も恥じらうようなその姿に、しかしコーデリアが心動かされることは無かった。

(やっぱり、そういうことだったのね……)

確認してみれば納得だ、と。コーデリアは過去プリシラに、言われた言葉を思い出した。

『――お姉様、私、そのおもちゃが欲しいわ』

そう言ってプリシラが指さしたのは、コーデリアの誕生日プレゼントの玩具《おもちゃ》だった。

人形を、ぬいぐるみを、お菓子を、本を、宝石を、ドレスを――そして婚約者を。

コーデリアの大切にしていた物を、いつだってプリシラは欲しいと言ってきた。

おもちゃもドレスも、特別上等な品物では決してなかった。プリシラが欲する理由はきっと、コーデリアの持っている物だからだ。

……遠い異国には、『隣の芝生《しばふ》は青い』ということわざがあるらしい。

プリシラにとってはコーデリアの持ち物が、何より魅力的に映っているに違いない。

(だからといってまさかそんな理由で、婚約者まで奪われるなんてね……)

コーデリアは妹や両親に軽んじられてはいても、悪意までは向けられていないと思っていた。

そして実際、少なくとも表面上は、妹に悪意は無いはずだった。だからこそ、両親や周囲の人間も妹のわがままを受け入れ、コーデリアから奪い続けてきたのだ。

「プリシラ、あなたの思いはよくわかったわ。でもね、トパックは私の婚約者だったの。そのことについては、どう考えていたのかしら？」

「どうして？　どうしてそんなことを気にする必要があるの？」

小鳥が首を傾げるように、プリシラが首を傾げた。

演技ではない。本気でわからないと、なぜそんなことを聞くのかと不思議がっていた。

プリシラが欲しいと思えば、プリシラのものになるのが当然で。

――奪われる側のコーデリアの心など、微塵《みじん》も気にかけていないのだ。

「……あなた、私に悪いと、そう思ったことも無かったの？」

「悪いと思う理由が無いのに、どうしてです？　だってお姉様、トパック様を愛してたわけじゃないでしょう？　だったら――」

私がもらってしまっても、構わないでしょう？

当たり前のように告げるプリシラに、コーデリアは怒りを通り越し虚《むな》しさと脱力感を覚えた。

貴族にとっての婚約は、家同士の契約の一種でもある。

愛していたとか恋していたとか、決してそれだけで済む問題ではない。妹相手とはいえ、婚約者を奪われればコーデリアの名誉は損なわれるし、心だって全くの無傷とはいかないのだ。

「つまりあなたにとっては、私の四度の婚約破棄も、どうでもいいことなのね？」

「四度も婚約を破棄されたお姉様には同情しますが……。でも言い変えれば、何度婚約を破棄されようと、別のお相手が見つかるということですし、何も問題ないですよね？」

問題、大ありである。

無邪気に微笑む妹に説教したくなるが、そんなことをすれば両親やトパックらに責められ、コーデリアが悪役にされて終わりだ。

（お父様たちに甘やかされたせいで、常識に疎《うと》いのは知っていたけど……）

ここまで酷いとは、さすがにコーデリアも予想していなかった。

妹には貴族社会の常識も、今のグーエンバーグ伯爵家の状況も、何も見えてはいなかった。

三度までも婚約破棄の憂き目にあったコーデリアは、社交界で腫《は》れ物のような扱いになっている。

囁《ささや》かれる陰口は数えきれず、悪評を覆すのも難しい。コーデリアに特殊な才能は無く、妹のような絶世の美貌《びぼう》の持ち主でも無かったからだ。

（トパックはそんな状況で、どうにか祖母の代の縁を伝い、見つけた婚約者だったのよね……）

グーエンバーグ伯爵家にはコーデリアとプリシラ以外、直系の子がいなかった。だからこそ、頼りにならない妹や両親に見切りをつけ、コーデリアが婿を迎え入れ血を繋《つな》ぐことで、どうにか伯爵家を存続させようとしていたのだが、

（これはもう駄目ね……）

コーデリアは、自らの結婚を諦めることにした。

ただでさえ、四度の婚約破棄をされた令嬢として悪評がついて回るのだ。

その上、こちらの婚約者を欲しがるプリシラだ。

コーデリア自身、妹に心変わりする男たちに、恋や結婚への憧《あこが》れを抱けなくなっていた。

「プリシラ、もう一度聞くけど、トパックのことを愛しているのよね？　結婚し生涯《しょうがい》寄り添いたいと、そう願っているのよね？」

「もちろんですわ、お姉様。結婚式には、お姉様も出てくださいますよね？」

花咲くような笑顔の、無邪気で強欲な妹。

彼女の言葉を、コーデリアは何一つ信用できなかった。

コーデリアが婚約者を奪われるのは、三年で四度目。同時にそれはプリシラが三度、婚約相手から心変わりしているということだ。

プリシラはきっと、姉である自分の婚約者が欲しいだけ。婚約者自体に魅力は感じておらず、手に入った端から興味を失い、トパックだっておそらく、数か月としないうちに飽きるはずだ。

そしてトパックの方だって、プリシラの自分勝手さに閉口し、いつまで愛情がもつか怪しかった。

「……ええ、トパックとの結婚式には、きちんと出席するつもりよ」

ありえない未来だと思いつつ、コーデリアは約束をし、妹を会食へと送り出した。

……やることは山積みだ。この先わがままな妹が、きちんとした婚約相手を見つけられる可能性は低い。プリシラも自分もまともな結婚を望めない以上、伯爵家の後継者を探す必要があった。

(領地に帰って、遠縁の方たちを当たらないと……)

コーデリアの頭の中で、血縁者の情報が目まぐるしく展開していく。

両親や妹が落ちぶれるのはともかく、祖母たちの守ってきた伯爵家を没落させるのは避けたい。領地にはコーデリアを慕ってくれる領民も多いし、使用人たちを無職で放《ほう》り出すわけにもいかなかった。

未来に思いを馳《は》せるコーデリアの脳内で、婚約破棄の件は既に隅へ追いやられていた。

怒りや悔しさはあれど、今となってはそんなことより、伯爵家及び関係者の将来の方が大切だ。

(早く領地に帰って仕事を片付けたいけど……。二十日後の舞踏会は外せないわね)

公爵家主催の、大規模な舞踏会だ。

もともとはその日に、トパックとの婚約を、舞踏会に集った知人の貴族たちに大々的にお披露目する予定だったのだ。今更不参加を表明しては角が立つし、休むことは難しそうだった。

不本意だが、出席することになった舞踏会。

――その夜、コーデリアの運命を一変させる出来事があるとは、今の彼女には知りえないことだった。

2章　「殿下に手を握られてしまいました」

「彼女が、あの噂《うわさ》の……」

「……妹に、婚約者を奪われたんですって？」

「……しかも四度も。姉妹でなんともお盛んなことね……」

含み笑いを孕《はら》んだ呟《つぶや》きが、楽の音の合間に耳をかすめていく。

真昼のごとく明るい、シャンデリアと燭台《しょくだい》に照らし出された舞踏会。

公爵家お抱えの楽師たちの演奏に混じり聞こえる、コーデリアをあざ笑ういくつもの声があった。

(毎度毎度、よく飽きないものね……)

一度目の婚約破棄の時は、あざけり声も堪《こた》えたが、今はもう慣れたものだった。しょせん他人は他人。いわば部外者でしかないと割り切っている。

嫌な意味で図太くなった自覚はあるが、コーデリアは伯爵家の仕事を一人で担っているも同然だ。外野の声に傷つき惑わされ、弱みを見せるわけにはいかなかった。

コーデリアは背筋を伸ばし、煌《きら》びやかな燭台の間を、ドレスの裾《すそ》をさばきながら歩いていく。

生成《きな》り色のドレスは飾りつけも少なく、伯爵家の令嬢がまとうには地味な印象だが、それも仕方のないことだ。プリシラの浪費により、新しくドレスを仕立てる余裕は無く、祖母のお古をどうにか直して着ている状態だった。

「おや、コーデリア嬢ではないですか。……今回のことは、その、残念でしたな……」

知人の男性貴族からかけられた挨拶《あいさつ》は、なんとも歯切れの悪いものだった。

気を使わせてしまい悪かったが、やりにくいのが本音だ。

男性貴族に事情を説明した後は、同じことの繰り返し。知人たちに今回の婚約破棄の一件を告げ、かけられる慰めの言葉に笑顔で礼を言い、近況報告と情報交換をしていく。

挨拶回りを終えた頃《ころ》には、コーデリアは地味に精神力を削られていた。

一息つくため、公爵家の侍従からグラスをもらい、口に含んだワインを味わっていると、

「よっ、コーデリア様。今度はどれくらいもつと思いますか？」

「……ヘイルート」

口中の液体を嚥下《えんか》し、青みがかった黒髪の青年へと振り返る。

ヘイルートは人なつっこい笑みを浮かべた、画家を生業《なりわい》にしている青年だ。平民出身だがパトロンに連れられ、社交場に顔を出すことが多かった。今日もどこかの貴族に連れられ、舞踏会に入ってきたに違いない。

貴族相手でも物おじせず、軽い笑みを浮かべるのがヘイルートだ。コーデリアが彼と知り合ったのは二年前。プリシラの愛らしさを絵に残したいと、両親がヘイルートに肖像《しょうぞう》画を依頼したのがきっかけだ。代金や納入期間についてのやりとりをするうちに親しくなり、地味に今でも親交が続いていた。

「どれくらいって、いきなり何の話かしら？　また何か、賭《か》けごとでもしているの？」

「その通り。妹君のことですよ」

「プリシラの？」

「妹君が、新しい婚約者とどれくらいもつか……。酒の肴《さかな》は今、その話題で持ちきりですよ」

「酒の肴……。よりにもよって、それを当事者である私に直接聞くの？」

「今オレに答えておけば、他《ほか》の奴《やつ》に聞かれた時にも、余裕をもって模範解答を返せるでしょう？」

悪びれることなくヘイルートが答えた。

……確かに、野次馬にいきなり問われるより、先にヘイルートが言ってくれてマシなのかもしれなかった。

「模範解答、ね。それを私から聞いて利用して、あなたは賭け事で儲《もう》けるつもりかしら？」

「次にコーデリア様と会う際の、手土産《みやげ》が豪華になるかもしれませんね」

へにゃりと笑うヘイルートに、コーデリアも肩の力を抜き苦笑した。

下手《へた》に腫《は》れ物扱いされ憐《あわ》れまれるより、笑い話にでもしてくれた方が気が楽だ。ヘイルートもそんなコーデリアの性格がわかっているからこそ、あえて軽く話を振ってくれたようだった。

「私の予想だと、四か月くらいかしら？　トパックは行動が遅いから、それくらいはかかると思うわ」

「予想の自信のほどは？」

「さぁ？　どうでしょうね。とりあえず、次に会う時の手土産を楽しみにしておくわ」

茶化しつつワインを飲むと、先ほどより少し美味《おい》しい気がした。

こくりと喉《のど》を鳴らしていると、ヘイルートがじっと見つめてきた。

「……コーデリア様、変わりましたね」

「そうかしら？」

「今まで婚約破棄された後は、もう少し落ち込まれてましたよ？」

「さすがに慣れたわ。それにね、もう諦《あきら》めたのよ」

ヘイルートが、無言でコーデリアの言葉の続きを待っていた。

彼は軽薄なようでいて、意外と間や空気が読める人間だし、口も堅いと知っている。

「私ね、今まで甘えていたと思うの。いつか素敵な婚約者が夫になって、妹を中心に回る伯爵家に風穴を開けてくれるんじゃないかって、心のどこかで期待していたのよ」

くるりと、手にしたワイングラスの中の液体を回した。

「でもね、そんな私の甘えが、四度もの婚約破棄の原因の一つになったかもと思ったのよ。だってそうでしょう？　私は婚約者に恋の一つもせず、貴族の義務としての婚姻と、私自身の無責任な期待を相手に求めていたんだもの」

苦笑すると、コーデリアはグラスの中身を飲み干した。

「……苦いわね」

皮肉なことに、コーデリアとプリシラの内面は似ているのかもしれない。二人とも婚約相手に、見勝手な欲望や期待を押し付けていたのだ。外見は似ていなくても、血の繋《つな》がりというのは、やはり馬《ば》鹿《か》にできないのかもしれなかった。

「だから、もう諦めることにしたのよ。婚約も結婚も、私には向いていないの。伯爵家の未来や私の将来も、自分自身でどうにかするしかないって、ようやく理解できたわ」

そう覚悟を決めると、婚約破棄の件で悩むことは無くなった。痛みは残っていても、それも過去のこととして扱うことができた。

元より両親から、期待や愛情の類《たぐい》はかけられていないのだ。

ならば自分のやれる方法で、やりたいように伯爵家のために動くべきだった。

コーデリアはグラスを、戯れにヘイルートの持つグラスへと打ち鳴らす。

「私の新たな門出に乾杯……っと」

婚約破棄されたばかりの身には相応《ふさわ》しくない祝い文句だが、コーデリアの心は晴れやかだ。

「コーデリア様……」

しかし一方、ヘイルートの反応は予想と異なっていた。てっきりコーデリアのおふざけの乾杯に乗っかり、軽く返してくれると思いきや、どこか考え込むような様子だ。

「ヘイルート？」

「婚約も結婚ももうごめん、ですか……」

「えぇそうよ。何か問題でも――」

「泥棒猫の姉が、よく舞踏会に顔を出せたわね？」

コーデリアの言葉をかき消すように、冷ややかな声が響き渡る。

ヒールを鳴らし近づいてくる、くるりと巻いた金髪が豪奢《ごうしゃ》な令嬢だ。

公爵令嬢カトリシア。

取り巻きの令嬢たちを連れたカトリシアは、威圧感たっぷりにコーデリアを睨《にら》みつけていた。

「妹が妹なら姉も姉ですわね。婚約破棄されて間も無いというのに、さっそく別の男を侍《はべ》らせてるだなんて、姉妹揃《そろ》ってたいした恥知らずね？」

悪意と敵意をふんだんにまぶしたカトリシアの挑発に、コーデリアはため息をついた。

理不尽だ。この上もなく理不尽だ。

――カトリシアの婚約者の男性が、プリシラに片思いしているのは、社交界では公然の秘密だった。

プリシラは物おじしない性質だ。男性相手にも距離が近く、相手を勘違いさせることが多々あった。

プリシラの異性関係はコーデリアの頭痛の種だが、プリシラももう十五歳で成人だ。いくら妹に苛《いら》立《だ》ったからと言って、八つ当りはやめて欲しいものだった。

「妹のことは、同じ伯爵家の者として謝罪します。ですが私に怒りをぶつけても、意味が無いかと思います。文句なら、妹に直接言ってやってくださいませ」

「あら？　妹を庇《かば》うことなく、こちらに差し出すと言うの？　薄情ね。やはりあなたも、あの女の姉ということかしら？」

「無意味だと言っているだけです。そんなに妹を罵倒《ばとう》したいなら、妹がわが家の屋敷にいる日に、そちらに招待状でも送りましょうか？」

淡々と言い返すと、傍らのヘイルートが口を開いた。援護射撃のようだ。

「へぇ、それは面白そうですね。その日はぜひオレや、オレの友人も招待してくださいよ」

「……っ!!」

カトリシアが、忌々しそうに唇を噛《か》みしめた。

「……結構ですわ!! わたくしに、わざわざ泥棒猫の巣に赴く趣味はありませんっ!!」

鼻息も荒く言い捨てると、取り巻きたちを連れて去っていく。

……カトリシアは高慢だが、貴族令嬢として最低限の損得勘定は働く人間だ。

プリシラはその並外れた美貌《びぼう》故に、密《ひそ》かに片思いをしている男性も多かった。直接プリシラを虐《いじ》めれば、そんな男性たちを敵に回すことになるのだ。

プリシラは憎いが、自分の評判を大きく落とすことも避けたいという打算。

その結果、姉であるコーデリアが八つ当たりの対象になっている。嫌がらせを受け、一気に疲労感を覚えたコーデリアだったが、更なる災難が襲いかかってきた。

「お姉様!! 見て見て!! このドレス素敵でしょう!?」

「プリシラ!?」

いるはずのない妹の姿に、コーデリアは彼女へと詰め寄った。

「どういうこと、プリシラ？ 今日の舞踏会、あなたは留守番のはずでしょう？」

「なぜ留守番してなきゃいけないんですか？ お姉様ばっかりずるいです。私、ダンスは得意なんです。少し踊るくらい、許してくれたっていいでしょう？」

プリシラは舞踏会のことを、ただの気楽なお遊戯会だとでも思っているようだ。

（……違うわ。舞踏会に出る以上、それなりの心構えが必要よ）

舞踏会は見てくれこそ華やかだが、その実熾烈《しれつ》な貴族同士の駆け引きの場でもある。

プリシラは姉から四人目の婚約者を奪った妹として、人々の噂の的なのだ。今の舞踏会に、無邪気に失言を繰り返すプリシラを解き放ったら、どうなることか恐ろしかった。

『プリシラ個人の評判も伯爵家の威信も、共に大きく傷つく可能性がある』、と。

コーデリアはそう言って両親を説得し、舞踏会に出たいとごねる妹を阻止したはずだ。妹が勝手に参加しないよう、舞踏会に着ていくための格式のあるドレスも、全《すべ》て隠させていたはずだったのだが。

「プリシラ、もしかして、そのドレス……」

「トパック様に買ってもらったんです。レースが凝っていて素敵で、私に似合っているでしょう？」

その場で、華麗に一回転をするプリシラ。

彼女の言葉通り、繊細なレースが華奢《きやしゃ》な肢体を引き立て、とても似合っているのだが。

（一体そのドレス、仕立てにいくらしたのかしら……）

高級レースをこれでもかと贅沢《ぜいたく》に使った一品だ。安く見積もって、二十万ギルといったところだろうか？　今コーデリアの着ているドレスが、軽く十着は買える計算だ。

そんな高価な品を、婚約者とはいえ他人であるトパックにねだる妹も、妹のわがままを聞いたトパックに対しても呆《あき》れるしかなかったが、今はまず、どうにかプリシラを家に帰す必要がある。

妹がこの場で、問題を起こすことないように――

「プリシラ……？」

地の底から轟《とどろ》くような声が、妹の背後から聞こえてきた。

カトリシアだ。時すでに遅く、彼女の目を誤魔化すことはできなかったらしい。

憎いプリシラを目にし、カトリシアの眉《まゆ》が急角度に吊《つ》り上がっていく。

カトリシアはそばにいた人間からワイングラスを奪い取ると、一直線にこちらへと迫ってきた。

ドレス姿にしては驚異的な早足だ。

(ちょっと、まさか、そのワインをこっちへぶちまける気⁉)

確かに先ほど、文句があるならプリシラに直接ぶつけろと告げたのはコーデリアだ。

(だからと言って、物理的な嫌がらせは幼稚すぎるわよ！)

カトリシアがグラスごと、右腕を大きく振りかぶるのが見えた。

向かう先はきょとんとした表情で、レースたっぷりのドレスをまとったプリシラだ。

(あの高価なドレスを汚させるわけには……！)

染み抜き一つだって馬鹿にならない出費だ。

もったいないと、咄嗟《とっさ》にコーデリアの体が動いた。

グラスからワインが飛び出し、プリシラに向かって広がって。

――――ばしゃり、と。

ぶちまけられた液体を被《かぶ》ったのは、

「え……？」

真紅《しんく》の雫《しずく》が、金の髪から滑り落ちていく。

コーデリアを庇うようにした青年が、ワインを滴らせながら立っていた。

すらりとした長身で、白を基調とした詰襟の服を着ている。

「ひっ……!?」

甲高い悲鳴が、カトリシアの喉から飛び出した。

いつも高慢な彼女が、顔を青ざめ震えている。

「そんな……！　どうしてレオンハルト殿下がっ!?」

「……レオンハルト殿下？」

コーデリアは呆然《ぼうぜん》と呟いた。

第二王子レオンハルト。御年二十歳。文武に長《た》け、人柄も優れていると評判の王子だ。

そんな彼が今、頭からワインを被り、コーデリアの前に立っている。

カトリシアの嫌がらせから庇ってくれたようだった。

「きみ、大丈夫かい？」

心地よい低音の声が、レオンハルトから響いた。

(美しいお方ね……)

こちらへと振り返ったレオンハルトに、コーデリアは軽く感動していた。

遠巻きに姿を目にしたことはあったが、間近で顔を見るのは初めてだ。

金の髪は王冠のごとくまばゆく、切れ長の瞳《ひとみ》が、完全な均整を誇る輪郭の中で輝いている。

元婚約者のトパックも整った顔をしていたが、目の前のレオンハルトは格が違った。乙女《おとめ》の心を捕らえて離さないであろう、この上なく麗しい王子様だったが、

「私は無事です。殿下のお優しさに、心からの感謝を捧《ささ》げさせていただきます」

コーデリアの頭は、既に冷静さを取り戻していた。

滑らかな所作で、王族への最高位の謝意を表す礼をする。

気づけば、周囲には沈黙の帳《とばり》が下りていた。

いきなり飛び出したレオンハルトの美貌と、彼の登場に動揺することも無く完璧《かんぺき》な作法を披露したコーデリアに、野次馬たちの視線は釘付《くぎづ》けになっている。

そんな静寂を引き裂いたのは、上ずった高い悲鳴だ。

「違います違いますわ!!　違うのよ私っ、私そんなつもりじゃっ!!」

髪を振り乱し叫ぶ、公爵令嬢のカトリシアだ。

ドレスを強く握りしめ、目の前の現実を否定するように激しく頭《かぶり》を振っている。

公爵令嬢とは言え貴族でしかないカトリシアが、公衆の場で王子であるレオンハルトを害してしまったのだ。驚き怯《おび》え震え、周りを気にする余裕も無く悲鳴をまき散らしていた。

「嫌よいやいやいやっ!!　どうしてこんなことに――――っ、ひいっ!?」

コーデリアはカトリシアへと近づき、右腕を持ち上げ振りかぶる。

カトリシアが、ぎゅっと目をつぶり縮こまる。

ワインをかけようとした仕返しにコーデリアに殴られると、覚悟したカトリシアだったたが。

――――甲高い肉を打つ音。

発生源は、コーデリアの両の掌《てのひら》。

勢いよく両手を打ち付け、盛大に音を鳴らしたのだ。

「カトリシア様、これで少しは落ち着きましたか？」

「は、はい……？」

ぽかんと口を開け、カトリシアは頷《うなず》いた。

間近で発生した大音に悲鳴は止まり、わずかばかりの正気が戻ったようだった。

「驚かれて当然だと思います。偶然とはいえワインが飛んだ先に、殿下がおられたんですもの」

カトリシアの震えを止めるように、コーデリアはそっと彼女の手を握った。

「ですが落ち着いてください。誰《だれ》だってよろけて転びかけてしまうことくらいあ――」

「失礼なっ!!　この私が、人前で無様に体勢を崩したりなんてしな、っ!?」

コーデリアはカトリシアの手をきつく握りしめ、その言葉をさえぎった。

「カトリシア様は転びかけ手が滑ってワインをこぼしてしまった。それでよろしいですよね？」

手を握りしめる力を強め、周囲にも聞こえるように言い放つ。

全ては不幸な事故だと。

そうしなければ自身の身が危ういと、遅ればせながらカトリシアも気づいたようだった。

「そ、そうですわ!!　私ったらうっかりしていました!!　殿下にご迷惑をおかけし、誠に申し訳ありませんでしたわ!!」

慌てた様子で、謝罪をするカトリシア。ぎこちなく粗《あら》い、不審者のような動きだったが、レオンハルトは気にしていないようだった。

「顔を上げてくれ。幸い、ワインを被ったのは俺《おれ》一人だ。コーデリアが無事だったなら、何も問題は無いよ」

レオンハルトはそう言って、麗しい微笑《ほほえ》みをコーデリアへと向けた。

きらきらしい笑みに気圧《けお》されつつ、私の名前を知っていたのねと、コーデリアは少し感心していた。

彼と舞踏会などの場で同席したことはあれど、直接言葉を交わしたことは無いはずだ。

婚約破棄の件で多少有名になったとはいえ、コーデリアはただの伯爵令嬢だ。そんなコーデリアの名前がすぐに出てくるあたり、噂通り優秀な王子のようだった。

「コーデリア」

名前を呼ぶ声に頭を上げ、レオンハルトへと顔を向ける。

「全ては不幸な事故だった。……本当にそれで君も納得し、カトリシアを許せるのかい？」

レオンハルトの翡翠《ひすい》の瞳が、カトリシアを鋭く射ぬいた。

静かだが冷ややかな視線に、再びカトリシアが震えだす。

「君がもし、彼女を許せないと言うなら――」

「許します。……それに殿下だって彼女のことを、罰したくはないのでしょう？」

「へぇ？　どうしてそう思う？　ワインを被ることになった俺が、頭にきているとは思わないのか？」

「逆です。私がそう考えたのは、殿下がワインを被ったからこそです」

周囲の人間に聞こえないよう、そっと小声で答える。レオンハルトが愉快そうに瞳を眇《すが》め、こちらも声を潜め呟いた。

「面白いね。なぜ、そんな結論に達したんだい？」

「殿下には、他にいくつもの選択肢があったからです。カトリシア様がグラスを振りかぶった時、彼女の名前を呼んで制止する、あるいは、直接その腕を掴《つか》むといったように、単に彼女を止めるためだけなら、ワインをわざわざ被る必要は無かったはずです」

……なのに、わざわざコーデリアの前に立ち、ワインを受け止めたということは。

「グラスを振りかぶった姿勢のカトリシア様の動きを止めれば、彼女がワインを誰かにかけようとしたと、言い逃《のが》れができなくなってしまいます。そうすれば、カトリシア様は恥をかきますし、制止した殿下に対して、逆恨みを抱く可能性もございました」

更に厄介なことに、カトリシアとレオンハルト二人だけの問題では終わらなくなるのだ。

気性が荒いカトリシアだが、彼女はそれでも公爵家の令嬢だった。

「恨みが巡れば、公爵家と王家の間に溝ができてしまうかもしれません。殿下はそれくらいなら、この場で自分がワインを被って、不幸な事故だという形で、全てを片付けようとしたのだと思いました」

カトリシアがグラスを振りかぶってからの短い時間で、レオンハルトは素早く考えを巡らせたに違いない。コーデリアは内心拍手を送りつつ、自らの推察を述べていった。

「ワインを被ったお召し物が駄目になってしまうのは残念ですが……。その一着の犠牲《ぎせい》で、殿下は公爵家と王家の仲たがいの芽を摘み、被害者となった自分が『不幸な事故』と場を収めることで、公爵家へと恩を売ることもできました」

いくらレオンハルトが『不幸な事故』と言おうと、コーデリアとカトリシアの確執を知る野次馬は、それを事故だと信じないはずだった。

だがそれでも、表向きは『不幸な事故』扱いにすることには意味がある。

『公爵令嬢が公の場で伯爵令嬢を害そうとしレオンハルトに迷惑をかけた』と公に非難されるよりは、公爵家にとって何倍もマシな状況だ。

野次馬たちの誰もが、『不幸な事故』などではないと知っているからこそ、『不幸な事故』という形でカトリシアの罪を許したレオンハルトは、公爵家に貸しを作ったことになる形だ。

「公爵家と王家は、来年度の公爵領への関税でもめていると聞いています。公爵家の遠縁のブランシュバイク子爵家の継承問題についても意見が一致していないはずですし、殿下の持ち札は多いにこしたことは無いはずです」

王家や公爵家を取り巻く状況について、自分なりの考えを述べると、レオンハルトが瞳を細めた。

「優秀だな。関税の件だけではなく、大して話題にもなっていないブランシュバイク子爵家の問題についてまで把握しているとはな」

「ありがとうございます」

「俺がワインを被った意図を、あの短時間で見抜いたことといい、君は本当に賢いな」

「そんなことはございません。殿下が、ただの伯爵令嬢である私を助けるのには理由があると、そう考えたらすぐにわかりました」

疑問だったのだ。

レオンハルトには本来、カトリシアとコーデリア姉妹のもめごとに首を突っ込む必要など無かったはずだ。コーデリア姉妹とレオンハルトの間に親交は無く、伯爵家にも大きな権力は無かった。にも関わらず、コーデリアを庇いワインを被ったのには、何か別の思惑があるはずだ、と。

そう考えれば、あとは簡単なことだった。

目的は公爵家へ恩を売るため。コーデリアたちを庇う形になったのはついでだった。そう推測しつつも、助けてくれたレオンハルトに感謝していたコーデリアだったけど、

「……不本意だな」

低くひそめられた呟きが鼓膜を打つ。

獣のうなりにも似たその声は、先ほどまでの穏やかなレオンハルトとまるで異なっていた。

「え？」

空耳かと、思わずコーデリアは疑問の声を上げてしまった。

「俺が君を助けたのは、打算からの行動であったと、そう考えているのだろう？」

翡翠を思わせる瞳が、じっとこちらを見つめていた。

大型の獣と向き合っているかのような威圧感。

レオンハルトは静かに、コーデリアの右手をすくいとった。

「っ……!?」

絹の手袋越しに、男性らしい硬い手指が触れている。咄嗟に腕を外そうとして、強い翡翠の瞳に射すくめられる。レオンハルトはコーデリアの右掌を掴むと、そのままそっと持ち上げた。

上へ上へ。レオンハルトの胸元を越え喉を過ぎ、そして唇へと近づいて――

「……やはり、たまらないな」

小さくかすれた声が、レオンハルトの唇から漏れ出した。

吐き出された息が、コーデリアの指先を震わせる。くすぐったい、今にも唇が触れてしまうかのような距離だった。

「殿下……？」

レオンハルトの意図がわからず、疑問の声を上げる。王子である彼の手を、強引に振り払うわけにもいかず、コーデリアは困惑するばかりだった。

……見間違いでなければ。

コーデリアの絹の手袋に包まれた掌を間近に、レオンハルトの瞳には一瞬、恍惚《こうこつ》とした光がよぎった気がした。

（……殿下はもしかして、手袋をした女性の手に興奮する方なのかしら……）

レオンハルトは手袋フェチなのだろうか？

見た目は理想の王子様のような彼だが、大きな声では言えない趣味があるのかもしれない。

そんな、不敬罪にあたりそうなことをつらつらと考えていると、

「残念だな」

「……何が、でしょうか？」

もしや、手袋フェチの彼からすると、お気に召さない点でもあったのだろうか？

レオンハルトの呟きの意図を図りかね、コーデリアは恐る恐る尋ねた。

「あぁごめん。コーデリア、君は何も悪くない。ほら、ここを見てごらんよ」

レオンハルトが掌を握ったまま人差し指で、器用にコーデリアの薬指の先端部を指し示す。

「ワインが跳ねて、染みになってしまったようだ」

「あら、気がつきませんでした。殿下は目がいいのですね」

「俺も近くで見るまでは、ほこりかどうか見分けがつかなかったよ」

小さな小さな、芥子《けし》粒ほどの大きさの染みだ。

この染みを確認するため、レオンハルトは掌を顔の近くに持ってきたようだった。

(手袋フェチだと疑ってすみませんでした……)

心の中でそっと謝罪をしていると、レオンハルトが口を開く。

「すまなかった、コーデリア。君を庇ったつもりが、守り切れなかったようで残念だ」

「そんな、謝らないでください。殿下のおかげで、ワインまみれにならずに済んだのですから」

「でもこうして、君の手袋は汚れてしまっている」

「この程度、洗えば目立ちませんわ。どうか気になさらないでください」

「君は優しいな。では、その手袋を俺にくれないかい？」

……どういうことだろうか……？

何が『では』なのか、コーデリアにはさっぱりわからなかった。

「殿下、一体何を……？」

「はは、そんな怪訝《けげん》な顔をしないでくれ。やましい思いも、不審なことも何も無いさ」

……やましい思いは無いと自分から言われても、余計怪しくなるだけだ。

「その染みは俺のせいだろう？　お詫《わ》びとして、寸法を測って同じ意匠の手袋を作らせて、君に返そうと思うんだ。だからその代わりに、その手袋を俺に渡してもらえないか？」

「そんな、恐れ多いです。殿下にそこまでしていただくわけにはまいりません」

「遠慮する必要は無いさ」

「自宅に持ち帰り、染み抜きをすればそれで十分です」

「はは、君は無欲だな。言ったろう？　遠慮は不要だ。俺がやりたくてやっていることだからな」

「……遠慮しているわけではないのですが……」

コーデリアは戸惑った。この程度の染みで、しかもレオンハルトにはなんら非が無いのに、弁償を申し出られるのが謎《なぞ》だった。

なぜレオンハルトは、これほどまでにコーデリアの手袋に固執するのだろう？

……ひょっとして彼は、女性の手袋そのものに興奮する性癖で、コーデリアの手袋を手に入れようとしているのだろうか？

(なんと言うかそれは……少し特殊な性癖と言いますか……)

正直、ちょっと引く。

表情に出てしまいそうなのを、意思の力で抑えつけていると、

「レオンハルト様っ!!」

甘く可憐《かれん》な声。

レオンハルトへと、プリシラが駆け寄ってくる。手には白いハンカチを持っていた。

先ほどから、こちらの会話に口をはさむことも無く静かだったと思ったが、ドレスの隠しの奥に入れたハンカチを取り出そうと、一人奮闘していたようだ。

(美男美少女で、絵になる二人ね)

妖精《ようせい》に例えられる美少女のプリシラと、これまた絶世の美貌の持ち主のレオンハルト。

二人が並ぶ姿は、さながら一幅の絵画のように美しかった。

周囲の野次馬たちも感嘆のため息をつきながら、麗しい二人を見守っているようだ。

「レオンハルト様、じっとしていてください。今私がワインを拭《ふ》いてっ、きゃっ!?」

レオンハルトが半歩後ろに下がり、プリシラの手が空を切る。

勢いあまり、よろけたプリシラが転ばないよう、コーデリアは咄嗟に体を支えた。

「レオンハルト様……？」

コーデリアに助けられたプリシラは、しかし姉を気に留めることもなかった。

大きな空色の瞳を揺らし、一心にレオンハルトを見つめている。

「どうして、私をお避《よ》けになるのですか……？」

「今俺は、ワインを被っているからな。君の美しいドレスを汚すわけにはいかないさ」

「……美しいなんて、そんな……。お優しいのですね……」

うっとりと、プリシラが瞳を潤ませた。美少女の夢見るような微笑みに、野次馬をしていた男性陣が頬《ほお》を赤くし色めき立つ。そんな彼らを横目で見つつ、コーデリアは脳内に疑問符を浮かべた。

（プリシラへの殿下の振る舞いは、一見理想的な貴公子の受け答えだけど……）

先ほどレオンハルトは、自分からコーデリアの手を握っている。手袋の染みを確認するためだけなら、こちらに触れる必要は無かったはずだった。

わざわざコーデリアには自ら手を触れ、妹には触れようとしなかったレオンハルト。

なぜだろうと疑問に思い、プリシラと自分の姿を見比べたコーデリアだったが、

（あ、手袋ね！）

素手のプリシラに、納得し深く頷いた。プリシラのドレスは袖《そで》が広がるデザインだ。幾重にも縫い付けられたレースが映えるよう、手袋は身につけていないようだった。

（殿下、それはもう筋金入りの手袋フェチなのね……）

彼はきっと、手袋をまとったコーデリアの手を、衝動的に触らずにはいられなかったに違いない。

一方、プリシラは素手だ。手袋をしていないプリシラには理性が働き、レオンハルトは触ろうとしなかったのかもしれない。

（まさかプリシラより、私の手袋に興奮するなんて……）

プリシラは姉である自分から見ても、極上の容姿の持ち主だ。そんな妹に見向きもせず、手袋に対してのみ反応していたレオンハルトは……。

（業が深いですね……）

性癖は自由だ。

だが、その性癖に対しどんな感想を持つかも、また自由であるはずだった。

――――第二王子レオンハルトは手袋フェチである。

そんな失礼な推測をするコーデリアの前で、レオンハルトとプリシラの会話が進んでいた。

「お優しいレオンハルト様。どうか、このハンカチをお使いくださいませ」

「これくらいの汚れなら、俺の手持ちのハンカチで事足りるさ」

「このハンカチは、私の気持ちでもあるんです。私を助けてくださったレオンハルト様に、ぜひ使っていただきたいんです」

両手でハンカチを握りしめ、上目遣いで見つめるプリシラ。言葉使いこそ丁寧だが、自分の申し出が断られるなど欠片《かけら》も考えていないだろうと、姉であるコーデリアにはわかった。

プリシラが『お願い』したことは、いつだって両親や婚約者たちが叶《かな》えてきたからだ。

「君の気持ち、か」

「はい。レオンハルト様には感謝していますし、お慕いしていますもの」

「ならなおさら、俺は受け取れないな」

「……え？」

プリシラが、大きな瞳を瞬かせる。柔らかだが確かな拒絶の言葉に、理解が追い付いていないようだ。硬まるプリシラを前に、レオンハルトは自らの懐からハンカチを取り出し、手早くワインを拭きとっていく。

「……レオンハルト様、どうして……？」

「俺に、君からの感謝を受け取る筋合いはないからだよ」

「？」

「俺が庇いたかったのは君じゃない。コーデリアなんだよ」

レオンハルトが、コーデリアへ微笑みかける。

名指しされたコーデリアは、そつのない所作でお辞儀を返した。

「ありがとうございます、殿下。私などを助けていただき、光栄の極みですわ」

「そんな畏《かしこ》まらないでくれ。先ほども言ったように、俺がやりたくてやったことだからね。君を助けられたなら、それだけで俺にとっては十分な報酬だよ」

「殿下……？」

なぜそこまで自分に肩入れし、助けようとしてくれたのだろう？

言葉にはしなかった問いを、聡明《そうめい》なレオンハルトは察したようだった。

「コーデリア、君はもう少し、自分の魅力に自覚を持つべきだ」

「ありがたいお言葉ですが……。私は私の身のほどを、弁《わきま》えているつもりです」

王子であるレオンハルトの周りにはいつも、高名な家柄の令嬢たちが、贅《ぜい》を凝らしたドレス姿で集っていた。

コーデリアは伯爵令嬢に過ぎないし、ドレスだって安物だ。容姿だって、花のかんばせのプリシラと比べたら、特筆するもののない凡庸《ぼんよう》さだと自覚している。

「殿下は日頃、艶《あで》やかな大輪の花々に囲まれおりますもの。たまたま見かけた野草が、新鮮に映っているだけかと思います」

「野草にだって、美しい花をつける種類はあるさ。ドレスが汚れることも厭《いと》わず妹を庇い、相手が公爵令嬢であろうと臆《おく》することなく立ち向かう君は、とても美しいと思ったよ」

「……あれくらい、姉として伯爵令嬢としては当然です」

……プリシラを庇ったのは妹のためではなく、高価なドレスを守るためです、と。

そう腹の内を告げるわけにもいかず、コーデリアは曖昧《あいまい》に微笑んだ。

「当然、か。そう言える君だからこそ、俺も助けたいと思ったんだろうな」

レオンハルトの緑の瞳が、蕩《とろ》けるように微笑んだ。

(……どういうことよ、これ?)

コーデリアの頭は、疑問符で埋め尽くされている。

レオンハルトの言葉も表情も、まるで愛《いと》しい恋人へと向けるかのように甘かった。

自分一人の勘違いではない証拠《しょうこ》に、周囲の野次馬たちも、王子のただならぬ気配にざわついている。

(まさか殿下、私の手袋に一目惚《ぼ》れしているの……?)

そうとでも考えなければ意味不明な状況だ。

理解が追い付かず、答えを求めるように周囲を見回したところ、

(プリシラ……まずいわね)

今にも泣きだしそうに、瞳をひくつかせていた。レオンハルトに拒絶され、蔑《ないがし》ろにされたと感じているに違いない。我慢の利かない妹は、自分が場の中心にいないのが耐えられないようだった。

「殿下、申し訳ございません。妹はどうも、先ほどの騒ぎに衝撃を受け、参ってしまっているようです。心配ですので、今日はもう下がらせていただきたく存じます」

この場を離れるための言い訳が半分。残り半分は、妹が泣きわめく醜態を阻止せんという切実な思いだ。レオンハルトに拒絶されたらどうしようと、恐る恐る問いかけると、

「そうか、残念だが仕方ないな。では最後に、少し右腕を拝借してもいいかい？」

「手を？」

コーデリアの返答と同時に、レオンハルトが右掌を包み込む。絹の布地がこすれる、少しくすぐったい感触が訪れた。

「汚れた手袋は預からせてもらおう。新品に替え君の屋敷へ持っていくから、また話せたら嬉《うれ》しいよ」

「……お心遣い、どうもありがとうございます」

レオンハルトが、大切そうにコーデリアの手袋を捧げ持っている。

(どうしても、手袋が欲しかったのね……)

見事な手袋フェチっぷりに、驚き感心してしまう。

いっそ拍手を送りたいくらいだが、少し面倒なことになりそうだ。王子の訪問は遠慮したいところだが、手袋を返してもらう余裕も無かった。プリシラの醜態を防ぐべく、コーデリアはプリシラの手を取った。

「プリシラ、あなた具合が悪いみたいだし、今日はもう帰るわよ」

「っ、嫌です。私はまだ、レオンハルト様ともっとお話をして――――」

「殿下には、また会えるわ。約束いただいたもの」

コーデリアの言葉を肯定するように、レオンハルトが頷いた。

「お姉様、本当に……？」

「殿下が、約束をたがえる不誠実な方に見えるのかしら？」

「そんなわけじゃ……」

さすがにプリシラにも、公の場で王子であるレオンハルトを非難するような言葉はまずいと理解できたらしい。勢いの削《そ》がれた妹の手を引き、コーデリアは舞踏会のホールを抜け歩いていった。

「なら、心配する必要は無いわ。早く帰りましょう。あなたには、トパックが待っているでしょう？」

「トパック様……」

プリシラが婚約者の名を呟いた。

すると待ち構えていたように、トパックがこちらへと近づいてきた。舞踏会には参加していたものの、先ほどの騒ぎに巻き込まれないよう、プリシラを助けることもなく気配を潜めていたようだ。

トパックはどこか浮かない顔をしているが、仕方のないことかもしれない。

プリシラは、トパックにドレスを贈られ舞踏会に参加していたのにも関わらず、レオンハルトへとすり寄ろうとしていたのだ。

トパックからしたら面白くないだろうし、現にその表情はどこか曇《くも》りがちだった。

（これは、プリシラとの婚約も四か月もたないかもしれないわね……）

ヘイルートに伝えた予想が外れそうだなと思いつつ、レオンハルトとの約束に思いを馳《は》せる。彼の真意、自分になぜ構いたがるのかがわからず落ち着かなかった。

（手袋フェチな殿下の、ただの気まぐれなら良いのだけど……）

厄介ごとの気配を感じつつ、コーデリアは舞踏会を後にしたのだった。

3章　「またたびとして求婚されました」

「失礼します、コーデリア様。あいかわらず目が死んでますね」

「あいかわらずは余計よ、ヘイルート。ごきげんよう」

疲労感を滲《にじ》ませた据わった瞳《め》で、コーデリアは挨拶《あいさつ》を返した。

場所は伯爵家の応接間。窓からはうららかな木漏れ日がさしているが、コーデリアの顔色は優れなかった。着ているドレスがくすんだ黄色なのも、一層顔色が悪く見える原因だ。普段着としているこのドレスは、これまた祖母のお古で、まだ若いコーデリアに似合っていなかった。

「ここんとこずっと忙しいようですが、案の定ってやつですかね？」

「だいたい、お察しの通りだと思うわ。お茶会に舞踏会に観劇に……体が何個あっても足りないもの」

第二王子レオンハルトと出会ってから十日間。

コーデリアは貴族たちの、注目の的になっていた。元より、妹に婚約者を盗《と》られた姉ということで、悪い意味で噂《うわさ》になっていたのに加わり、王子であるレオンハルトが興味を示したのだ。

当事者であるコーデリアから話を聞こうと、毎日何通もの招待状が舞い込んできた。

日時や相手との家格差を鑑《かんが》み、断ることの難しい誘いにのみ応じていたが、それでも招待先から招待先をはしごするように、連日外出が続いている。外出前後のお礼状のやり取りといった雑事の指示もこなさねばならず、目が回るほど忙しいのが現状だ。

「こんなことになるなら、領地の屋敷からもっと従者を連れてくるんだったわ……」

「この屋敷にいる従者には、任せられないんですかね？」

「できるならそうしたいわ。でもこの屋敷の主《あるじ》はお父様で、お父様はプリシラを溺愛《できあい》していて、プリシラは新しいドレスや宝石に目が無いのよ？」

「あー……、なるほど、こういうことですね」

ヘイルートはお茶うけのクッキーで首を真横に切る動作をし、そのまま口へと放《ほう》り込む。

「えぇ、その通りよ。プリシラの浪費を咎《とが》めようとした、責任感や金銭感覚を持った従者は、皆屋敷から追い出されてしまったの」

「結果残ったのは、父上におもねりプリシラ様を甘やかすのが取り柄の従者だけ、ってことですか」

「お父様の息がかかっていない、領地の従者に応援を頼んでいるところだけど、しばらくは私一人で回すしかないのよね」

肩をすくめたコーデリアは、ため息を呑《の》み込むように紅茶に手を付けた。どれほど疲れていたとしても、伯爵家の人間として外に出る際に、その疲れを顔に出すことは許されなかった。

ヘイルートは貴重な、気の置けない相手だ。彼の前でうっかり目が死んでいるくらい、許して欲しいところだった。

「そんじゃオレも、長居せず早めに切り上げるとしますかね」

ヘイルートは一通の封筒を取り出すと、テーブルの上へと載せた。

封筒を手に取ると、コーデリアは中身を確認していった。

「……ありがとう。頼んでいた通りのもので助かるわ」

「お安い御用です。報酬は、今度会った時にお願いしますね」

「約束は守るわ、でも、あんなお礼で良かったの……？」

封筒を懐に入れつつ、コーデリアは問いかけた。

「『今度レオンハルト殿下と会った際に、殿下に抱いた印象を教えてくれ』って、本当にそれだけでいいのかしら？」

「十分ですよ。あの浮いた噂のない殿下が、コーデリア様の前でどんな言動を繰り出すのか、野次馬冥利《みょうり》につきるじゃないですか？」

「野次馬……」

「色恋はいい画材になりますからね。……もうすぐ演劇の『ラモリシアの恋』を題材にした絵が完成するんですが、伯爵家の玄関にどうですか？」

「遠慮しておくわ。絵は、その良さがわかる人間の元にあるのが、一番だと思うもの」

ヘイルートの描《か》く肖像《しょうぞう》画は、モデルがその場に佇《たたず》んでいるかのような完成度を誇っていた。

しかし一方、彼が自分の描きたいように描いた絵はけばけばしいまでの色使いと、不安定な描線《びょうせん》が視覚の暴力となって襲いかかる、なんとも形容しがたい作品だ。

「ちぇっ、残念です。コーデリア様の唯一の欠点は、芸術を解す心を持たないことですよ」

「失礼ね。芸術鑑賞について祖母に一通り仕込まれているからこそよ」

「既成概念に囚《とら》われるのは嘆かわしいことです。オレの絵の良さをわかってくれる人間は、一体どこにいるんでしょうね？」

大げさな動作で、ヘイルートが天を仰いだ。

肖像画画家としては引っ張りだこだが、それだけでは満足できていないらしい。

画家である以上、自らの表現が認められることが第一だろうが、なかなかままならないようだった。

◇◇◇◇◇◇◇◇◇◇◇◇◇◇◇◇◇◇◇◇◇

ヘイルートを見送ったコーデリアは、プリシラの部屋を訪れていた。

広さだけでコーデリアの自室の三倍、内装や調度品は伯爵令嬢には似つかわしくない豪華さだ。

「プリシラ、入るわよ」

「お姉様、何の用？　私今、忙しいんですけど？」

手にした書物から目を離すことなくプリシラが答えた。

猫足のテーブルに積み上げられた本の山。最近王都で流行《はや》っている、長編恋愛小説のようだった。

（お父様、またプリシラにねだられて買い与えたわね……）

ここのところ忙しくしていたせいで、つい見張りを怠ってしまっていたのだ。

妹は年頃《としごろ》の少女らしく、恋愛ものの演劇や小説が好きだったが、いかんせん飽き性だった。

一巻二巻ならともかく、テーブルの上にある本は優に十巻を超えている。最後まで読破することも無く、本棚の肥やしになるのが目に見えていた。

「プリシラ、聞きなさい。レオンハルト殿下のご来訪のことよ」

「‼　レオンハルト様っ⁉」

表情を輝かせたプリシラが、書物を放り出し近寄ってきた。

「いつですか⁉　いついらっしゃるんですか⁉」

「落ち着きなさい」

妹をたしなめつつ、コーデリアは床に落ちた書物を拾い上げた。

「七日後の昼過ぎ、わが家を訪れるそうよ」

「わかりました‼　とっておきのドレスで待っていますね‼」

レオンハルトの目的はコーデリアに手袋を持ってくることであり、プリシラは関係ないのだが、そんなこと関係ないとばかりに、妹はそわそわと嬉《うれ》しそうだった。

「プリシラは、殿下にお会いしたいのよね？」

「もちろんです」

「それなら明日から五日間、メイヤード子爵夫人の元へ通いなさい」

「え、メイヤードおば様のところへ？」

プリシラの表情が曇《くも》った。

メイヤード子爵夫人は伯爵家の遠縁の、礼儀作法に厳しいことで有名な女性だ。

「どうして私が、メイヤードおば様のところに行かなければいけないんですか？」

「礼儀作法について指導してもらうためよ。殿下をわが家に招き歓待するのだから、万が一にも粗相があってはいけないわ」

「私だって、それくらいの礼儀の心得はありま……」

「残念ながら無いわ。幸い基礎はあるんだから、五日間メイヤード子爵夫人に鍛え直してもらってきなさい」

「五日間もですか？」

たかが五日間だ。何も頭ごなしにレオンハルトと会うなと言っているわけではない。彼に会いたいなら、五日間くらい我慢して欲しいところだ。

(けれどまぁ、ここでごねられるのは予想のうちね)

子供のように頬《ほお》を膨らませ、プリシラが文句を言ってくる。

このまま言わせておくと、『必殺技・お父様に言いつけます』が発動するはずだ。

「そんなにメイヤード子爵夫人の元に行くのが嫌なら、殿下にお会いするのは諦《あきら》めるべきよ」

「嫌よ!!　どうしてそんないじわる言うの!?」

「あなたにとっても悪い話じゃないはずよ。殿下がいらっしゃってる間、この劇でも観《み》に行ったらどうかしら？」

「劇なんてっ……これはっ!!」

観劇チケットを、プリシラがひったくるように奪い取った。

王家ご用達の経歴を持つ劇作家が手がけ、何人もの人気俳優の出演する恋愛劇。まだ幕が切られたばかりで人気が沸騰《ふっとう》しており、貴族と言えど簡単には手に入らないと評判のチケットだった。

（ヘイルートってば本当、顔が広いわね）

ヘイルートは様々なサロンや貴族の家に出入りしており、芸術家の知り合いも多いようだった。

彼に頼んで手に入れたチケットの代価は、レオンハルトとのやりとりを話すことだけ。破格とも言える対価なのだった。

「……劇は観たいですけど、でもこのチケットの日はレオンハルト様が……」

「チケットは二枚あるわ。トパックと二人で行ってきたらどうかしら？」

「トパック様と……」

プリシラは決めかねているようだ。

選ぶことなんてできないと悩む妹の背中を、コーデリアは押してやることにした。

「あなたたちが行かないなら、このチケットは別の人に譲るわ。本当は私自身が観に行きたいのだけど、仕方無いわね。ずっと前から楽しみにしていて残念だけど――」

「行きます!!」

チケットを握りしめ、プリシラが勢いよく答えた。

思っていた通りの反応に、コーデリアは内心苦笑する。

姉の持っているもの、姉が欲しがるものが欲しいという、プリシラらしい反応だ。

（これで、レオンハルト殿下との対面の場に、プリシラが乱入する事態は避けられるわね……）

レオンハルトがコーデリアに興味を示した理由はわからなかったが、どちらにしろ王子である彼と、迂闊《うかつ》でわがままな妹の再会は防ぐべきだった。

一つ肩の荷を下ろした気分でいると、従者がコーデリアへの手紙を運んでくる。

「コーデリア様、公爵家のカトリシア様から、お手紙が届いたようです」

◇◇◇◇◇◇◇◇◇◇◇◇◇◇◇◇◇◇◇◇
「ごきげんよう、コーデリア。招待に応じてもらい感謝しているわ」

歓迎の形を取っているのは、言葉だけのようだった。

カトリシアは席から立ち上がることも無く、コーデリアを横目で見るだけだ。

カトリシア主催のお茶会は、王都の外れにある森と湖のほとり、穏やかな緑の地で開かれていた。

『先日の舞踏会で、ワインをかけそうになったお詫《わ》びがしたい』

と言われ招待された以上、伯爵令嬢であるコーデリアに断ることは許されなかったが、招待の真意が、コーデリアへの謝罪などでは無いことは明らかだった。

お茶会に招待されている顔ぶれはいずれも、カトリシアと親しいお嬢様方だ。

取り巻きを揃《そろ》え、コーデリアを吊《つ》るし上げようと待っているのだった。

(この忙しい中、余計な時間を使わされたくないのに……)

不満は内心に留《と》め置き、コーデリアが表情に出すことはなかった。

優美な所作でカトリシアへと挨拶を返す。

相手が礼を失したからといって、こちらまで無礼者になる必要はない。しょせん形式とはいえ、貴族社会では面子《めんつ》や建前が重要だ。相手に付け入る隙《すき》を与えないよう、完璧《かんぺき》な返礼をするべきだった。

「外面《そとづら》を綺麗《きれい》に繕うのはお上手《じょうず》ね？　殿方を騙《だま》すのが得意だから、慣れているのかしら？」

さっそく、カトリシアの取り巻きから嫌味が投げかけられた。

「お褒めいただきありがとう。嬉しいわ」

「嬉しい？　尻軽《しりがる》と呼ばれ喜ぶなんて、私にはわからない、理解したくも無い感覚ね？」

「立ち居振る舞いは、自然と内心が表れるもの。心が綺麗というのは、最上級の褒め言葉でしょう？」

「呆《あき》れた。令嬢たるもの、心のままに振る舞うなど三流。どれほど薄汚れた心の持ち主であれ、必要に応じ外面くらいは整えられるものよ。現にその実例が、今私の目の前にいるものね？」

「心と外面は別物。……そちらがそうおっしゃるのであれば、私の外面だけを見て本質を貶《けな》すことも不可能だと思いませんか？」

にっこりと、笑顔のまま矛盾を指摘してやると、取り巻きその一が黙り込んだ。

嫌味を受け流し反撃を。礼を失さない範囲で、言葉遊びのように相手の悪意を躱《かわ》していく。

（こちらがやられっぱなしでは、伯爵家の看板に泥を塗ってしまうものね）

お茶会の参加者、カトリシアの取り巻きはざっと十人ほどだ。

草原に広げられた四脚のテーブルに陣取り、敵意を隠すことも無くこちらを注視する令嬢たち。

彼女たちの視線に怯《ひる》むことも無く、コーデリアはカトリシアの向かいに腰かけた。着席するやいなや、周囲から談笑を装った嫌味皮肉が飛んでくる。

『婚約者を四度まで替えたあげく、王子を垂らし込んだ色狂い』

『カトリシアに歯向かった無礼者』

『妹に似ない凡庸《ぼんよう》な容姿のくせに思い上がるな』

要約すればそんな内容になる言葉の刃《やいば》を、コーデリアは危なげなくさばいていった。

（刃と言ってもなまくらね。今日の面子を考えると、当然と言ったところだけど）

カトリシアは元より、高飛車で感情的なことで知られる令嬢だ。

まっとうな高位貴族には避けられ、付き従うのは公爵家の権力が目当ての人間ばかり。カトリシアにおもねる人間だって、目端の利く人間は、今日の茶会には来ていないはずだった。

（レオンハルト殿下の怒りを買うかもと考えたら、自然とそうなるわよね）

理由はわからないが、レオンハルトはコーデリアを気に入っていた。

王子のお気に入りの令嬢を虐げれば、王子の勘気をこうむると考えるのが自然だ。コーデリア自身はレオンハルトの威を借りるつもりはなかったが、他人はそのことを知らないはずだった。

結果、今日カトリシアに付き従い自分を攻撃してきているのは『周りの状況も見えず気に食わない相手を罵《ののし》る貴族令嬢』という、巷《ちまた》の小説で悪役として出てくる、高慢な令嬢のお手本のような人間ばかりだ。いちいち対応するのもおっくうなのが本音だった。

（まぁ何人か、嫌々お茶会に参加している令嬢もいるみたいで、そちらには同情するけどね……）

居心地悪そうに、こちらに視線を送ってくる令嬢がいる。

彼女らは、今コーデリアを攻撃するのがまずいと理解できているらしい。

なのにカトリシアの取り巻きとしてこの場にいるのは、貴族のしがらみというものだ。実家がカトリシアの家、アーバード公爵家に頭が上がらないため、数合わせとして出席せざるを得なかったようだった。

(彼女たちにはあとで、『そちらに敵意が無かったのはわかっています』といった内容の書状を送らなくてはね)

カトリシアらの嫌味にそれとなく反撃しつつ、コーデリアは脳内にやるべきことを付け加えた。

地味な工作だが、こつこつとした根回しが物を言うことも多いのだと、妹や両親の尻拭《ぬぐ》いに奔走するコーデリアは知っていた。ある種の達観とともに嫌味をさばいていると、カトリシアたちの悪口もネタ切れになったのか、周囲に沈黙が下りてくる。

コーデリアはそれ幸いと、テーブルの上の茶菓子へと手を伸ばした。

艶《つや》やかなバターが目にも嬉しいアップルパイ。一口大に切られており、外はさっくり、噛《か》みしめると林檎《りんご》の甘さが広がる。さすが公爵家主催のお茶菓子といったところだ。

主催者であるカトリシアは嫌いだが、お茶菓子に罪は無いのだ。

礼を失さないよう気をつけつつ、行儀よく茶菓子を口に運んでいく。持ち前の図太さを発揮し、コーデリアが舌鼓《したつづみ》を打っていると、カトリシアが不意に立ち上がる。

「暑くなってきましたわね。涼むため、ボート遊びをしませんこと？」

問いかけの形をとった命令だ。

いったん仕切り直し、また何か嫌がらせをしてくるつもりなのかもしれない。

取り巻きの令嬢たちが立ち上がり、一斉に水辺へと向かっていく。茶菓子を名残惜《なごり》しく感じつつ、コーデリアもボートへと乗り込んだ。三人乗りの小型ボートに分乗し、湖の対岸の船着き場へと漕《こ》ぎだすことに決まっていた。

（……静かね）

波立った湖水と、しぶきの飛ぶ音だけが、ボートの軌跡に付き従っている。

同乗者はパメラというカトリシアの取り巻きの令嬢と、漕ぎ手を務めるパメラの従者の二人だ。

向かいに座るパメラは、嫌々お茶会に出席させられた口らしい。こちらの顔色を窺《うかが》うように、しかし視線を合わせることは無く、しっかりと口を噤《つぐ》んでいた。

沈黙の中進むボートに変化が訪れたのは、湖の半ばを過ぎたあたりだった。

「すみません!!　許してくださいっ!!」

悲鳴のような叫びを上げたパメラが、勢いよく船底を蹴《け》りつける。

ボートが揺れ、底板が軋《きし》む音がする。

コーデリアが船体に目を向けると、細い亀裂が入っているのが見えた。

（つま先が冷たい!!　浸水してきてる!?）

もともと板材に切れ込みが入れられており、蹴りの衝撃で割けてしまったようだった。

「何てことをしたのよっ!?　あなたも一緒に溺《おぼ》れるわよ!?」

「っ、すみませんすみません!!　でも大丈夫です!!　沈没はしないですからこのボートっ!!」

「沈没はしない!?　……あぁもうっ、そういうことね!!」

コーデリアは従者に命令し、櫂《かい》を操る腕の力を強めさせた。

足元で水が跳ねるが、浸水の速度は緩やかだ。沈むより先に対岸へと辿《たど》り着き、コーデリアはパメラを支え降り立った。背後の湖を見る。ボートに乗ったカトリシアたちが、反対の岸へと向かっていくところだった。

「はめられたわね……」

「すみません!!　私は反対したんです!!　でもっ……!!」

「……結局、私への嫌がらせに加担したということね」

「ひぅっ……」

怯《おび》え縮こまるパメラに、コーデリアはため息をついていた。彼女にも事情があるのは理解できる。カトリシアにボートに乗ろうと提案された時、コーデリアだって嫌な予感はしていたが、

(だからと言って、ここまで直接的な嫌がらせに出るなんて……)

頭が痛いところだ。

ボートの亀裂はごく小さいもの。コーデリアを溺れさせ、本気で害す気は無かったはず。タイミングをはかり緩やかな浸水を起こし、対岸にコーデリアを置き去りにするのが目的だ。

浸水にコーデリアが慌てふためき、ドレスがびしょ濡《ぬ》れになればいいざま、とでも思われているのかもしれなかった。

(カトリシアたちは間違いなく、浸水は不幸な事故だと言い張るわね)

心の中で愚痴りつつ、乗り捨てたボートの様子を確認する。浸水はまだ踝《くるぶし》ほどの深さだが、このまま元いた岸辺に帰るまで、沈まずにいけるかは怪しいところだ。

今上陸した岸辺は、すぐそこまで森が迫ってきている。漕いできた湖はそれなりの大きさで、外周を歩いて帰るにもそこそこの距離があるようだ。

(低木が茂る森の中を、ドレスを着たまま進むのは難しいわ)

コーデリアは愚図つくパメラをなだめ、彼女の従者に助けを呼んでくるよう命じさせる。

幸い、今いる森は平民の立ち入りは禁じられているし、狼《おおかみ》や危険な獣もいないはずだ。対岸のお茶会の会場には、コーデリアの従者も控えている。しばらくの辛抱と考え、パメラと二人岸辺で立っていたのだったが。

「きゃあっ⁉」

引きつるような悲鳴に、コーデリアはパメラの視線の先を見た。

(嘘《うそ》でしょう⁉)

黒いフードを被《かぶ》り、剣を携えた男が歩いてくるのが見えた。

どう見ても怪しく、こちらへと敵意を持っているのが明らかだ。

(カトリシアの回し者⁉　でも、私への嫌がらのためにここまでするっ⁉)

こちらへと向けられた剣に、背筋に冷や汗が浮いてくる。

「そんなどうしてっ⁉　嫌よ知らない私こんなの聞いてな――――ひっ⁉」

賊が走り出す。恐怖したパメラが意識を失った。

気絶したパメラを、コーデリアが咄嗟《とっさ》に背後に庇《かば》ったところで――

きぃん、と。

澄んだ音が一つ。

コーデリアたちと賊の間に、滑り込んできた姿があった。

黒の長髪を背に流した男だ。手にした長剣から金属音を響かせ、賊と切り結んでいた。

手出しすることもできず、コーデリアが息を潜めていると、徐々に男が押していくように見えた。

一筋二筋。賊の体に斬撃《ざんげき》が浅く刻まれ、血が宙へと舞い散った。

形勢不利を悟ったのか、賊が大ぶりに剣を薙《な》ぐ。男が避《よ》けた隙に、賊は森へと逃げていった。

「……怪我《けが》はないな？」

長剣を鞘《さや》に収めた男が、コーデリアたちへと振り返る。

宵闇《よいやみ》が凝《こご》ったかのような黒い髪に、夜を閉じ込めた氷のような、濃紺の瞳《ひとみ》の持ち主だ。表情もこれまた冷ややかで、硬質な美貌《びぼう》が際立っている。

賊に襲われそうになっていたコーデリアたちを、剣でもって守った美貌の青年。

まるで演劇の一幕のような、鮮やかな登場だ。舞台俳優と比べても遜色《そんしょく》ない容姿の彼の名を、コーデリアは唇へとのぼらせた。

「ザイード殿下、なぜここに……？」

レオンハルトの異母兄であり、この国の王太子の登場だ。

「俺《おれ》の顔を知っているということは、貴族か？　こんなところで令嬢二人きりで何をしている？」

こちらの質問に答えることなく、質問で返すザイード。傲慢《ごうまん》な振る舞いが板についており、その傲慢さが自身の魅力の一つであると、理解している類《たぐい》の人間だ。

(自信とプライドが、服を着ているかのようなお方ね。弟のレオンハルト殿下とは、あまり似ていないかしら)

臣下としての挨拶をしつつ、コーデリアはそう分析していた。

「私は、グーエンバーグ伯爵家のコーデリアと申します。ボート遊びの途中でボートが沈みかけてしまい、こちらで気絶しているパメラとともに、この岸へと上陸していました」

「ボート遊びか。気楽なものだな」

馬鹿《ばか》にした口調のザイードが切って捨てる。

「……遊びを通した社交も、貴族の務めの一環ですので」

「ならば今、誰《だれ》と歓談することもなく立っていた貴様は、仕事を放り出していたというわけか？」

「仕事に戻ろうとしていたところです。雨天のごとく悪意が降り注いだので、少し雨宿りをしていたようなものですわ」

「……あぁ言えばこう言う、随分と舌の回る女だな」

ザイードの嫌味を、コーデリアは受け流すことにする。

「ありがとうございます。ところで、ザイード殿下がなぜこの場所にいらしたのか、お聞きしてもよろしいでしょうか？」

問いかけに、ザイードは視線を森の奥へと動かした。

「俺は時折、この森で狩りを楽しんでいる。今日も狐《きつね》を射ようとしたところで、おまえたちの悲鳴が聞こえてきたから、駆けつけてやっただけだ」

「……そうでしたか。危ないところを助けていただき、ありがとうございます。改めてお礼を申し上げさせていただきますわ」

コーデリアが礼をするも、ザイードは鼻で笑った。

「助けてもらいありがたい、か。その割に貴様は、全く動揺も恐怖も感じていないようだな？」

「恐慌は心の内に沈め、王太子殿下に見苦しい様を見せないようしているだけです」

「教科書通りの、可愛《かわい》げのない生意気な答えだな。弟が執心だと聞いたから、どんな愛くるしいご令嬢かと思ったのだが……。弟は大層、女の趣味が悪いのかもしれないな？」

繰り返される挑発にも、しかしコーデリアは応じることはなかった。

この程度の悪口は、すでにプリシラ絡みで言われ慣れている。

鉄壁の笑顔を貫いていると、ザイードが苛立《いらだ》たし気に眉《まゆ》をひそめた。

「本当に可愛げのない女だな。そんなだからカトリシアに目をつけられ、賊を差し向けられたのではないか？」

「さぁ、どうでしょう？」

「カトリシアを、公爵家を敵に回すと厄介だぞ？　ここで出会ったのも何かの縁だ。俺にひれ伏し希《こいねが》うなら、公爵家をいさめてやってもいいぞ？」

さぁ跪《ひざまず》けと、断られるとは微塵《みじん》も思っていない口調でザイードが言い放つ。

「遠慮しておきます」

「……どういうことだ？」

ザイードの声がより一層冷え込み、濃紺の瞳に剣呑《けんのん》な光が瞬いた。

「なぜ、俺の申し出を断る？　この俺が、わざわざ助力してやると言っているんだぞ？」

「ザイード殿下が、嘘をつかれているからです」

「俺を侮辱《ぶじょく》するつもりか？」

「ではお聞かせください。殿下は先ほど、『カトリシアに賊を差し向けられたのではないか』と問われましたが、なぜそこで、カトリシア様の名前が出てきたのですか？　私は殿下にお会いしてから、一度もカトリシア様の名前を出してはいないはずです」

「……っちっ、小賢《こざか》しいな」

ザイードが舌打ちをした。

「少し考えればわかることだろう？　カトリシアが貴様を敵視しているのは有名だ。可能性の高い推測を言ったら、偶然真実を射ていただけだ」

「偶然、ですか。ですが偶然も、二度続けば必然になると言いますよね？　先ほど殿下は賊と切り結んでいましたが、どちらの剣筋も勢いがなく、互いに深い傷を負わぬよう、示し合わせたかのような斬《き》りあいに見えました。これも偶然と、偶然が二度重なっただけと、殿下はそうおっしゃりますか？」

「……女のくせに剣術まで修めているとは、どこまでも可愛げのない女だな」

「剣術は、令嬢の嗜《たしな》みですので」

大嘘だった。

ライオルベルンの令嬢で剣術を学んでいるのは変わり者だけ。当然コーデリアに剣の心得など無く、つまるところは当て推量、揺さぶりのためのはったりだった。

コーデリアのそんな考えを知ってか知らずか、ザイードは黙り込んでいた。

(最初から怪しいと思っていたのよ)

賊に襲われていたところに、演劇の主役のごときタイミングで、剣を持ち駆け付けたザイード。

(でも、そんな演劇のようなことが現実に起こるなんて、怪しすぎるに決まってるじゃない)

そもそもの話、いくらカトリシアがこちらを嫌っているからといって、本格的に家ごと対立しているわけでは無いのだ。なのに、コーデリアが溺れ死んでしまうかもしれない罠《わな》を仕掛け、賊を差し向けるのは、どう考えてもやりすぎだ。公爵家の権力を使えばもみ消せるのかもしれないが、たかが嫌がらせに、そこまでの危険を冒す価値はないはずだった。

(けどこれが公爵家の独断ではなく、裏で王子であるザイード殿下も動いていたなら、何もおかしくはないものね)

ザイードの母親は、カトリシアの父親である現アーバード公爵の姉だ。

ザイードとアーバード公爵家、両者が企《たくら》みを共にするのは、何も不思議なことでは無かった。

王子であるザイードが今回の計画に一枚噛んでいるなら、よっぽど強固な証拠《しょうこ》がない限り、コーデリアの側から訴えるのは難しくなる。

それゆえ、こうも物理的で危険な嫌がらせになったのも納得だった。

「殿下は最初から、全《すべ》てご存知だったんでしょう？　きっとカトリシア様も、本気で私を賊に殺させようとまでは思っていなかったはずです。私に恐怖を与え嫌がらせをするのが、カトリシア様の目的。そして賊から私を助けるふりをして恩を売ろうとしたのが、殿下の目的ではないのですか？」

「ご立派な推察だが、証拠はあるのか？」

「殿下が否定されないことこそ、答え合わせになっているかと思います」

指摘すると、ザイードがほの暗く笑った。

「あぁ、満点だ。あの弟が執着する女と聞いていたからどれほどのものかと思ったが、頭の廻《まわ》りは申し分ないようだ。やはり直接確かめてみて正解だったようだな」

「……私を試す。それが今回の動機ですか？」

コーデリアは内心眉をひそめた。

レオンハルトが興味を持っているからと言って、こちらを巻き込むのはやめて欲しかった。

ザイードとレオンハルトの兄弟は、王族の常として関係が冷え切っているとの噂だ。

(兄弟喧嘩《げんか》なら、他所《よそ》でやって欲しいものね)

コーデリアの心の中の文句に気づくこともなく、ザイードがこちらへと手を伸ばした。

「貴様は合格だ。特別に、俺の側妃として迎えてやってもいい。俺の妃《きさき》になればカトリシア程度、簡単に黙らせることができるぞ？」

「遠慮しておきます」

近づいてきたザイードから、素早くコーデリアは後ずさった。

すると見る見るうちに、ザイードの機嫌が急降下していく。

「貴様、一度ならず二度までも、この俺の手を振り払うつもりか？」

「出会い頭《がしら》に騙し討ちをしてくる方と、手を携えることはできません」

王子であるザイードの不興を買うのは厄介だが、彼の手を取ることはできなかった。人を危険に巻き込んでなお、欠片《かけら》の謝罪も無い彼と手を組むのを、理性が警鐘を鳴らしていたのに加えて、

（……プリシラに似ている？）

ただの直感だ。

性別も性格も違うザイードとプリシラだが、なぜか似ていると感じた。

その感覚が、彼の手を取るべきではないと、コーデリアに囁《ささや》きかけているのだった。

じりじりと、近寄ってくるザイードと距離を取り膠着《こうちゃく》状態に陥っていたところ――

「コーデリア、無事か⁉」

凛《りん》とした、それでいて焦りの滲んだ叫び声。

コーデリアの前へと、レオンハルトが飛び出してきた。

「レオンハルトでん――っ、きゃっ⁉」

「コーデリア、君はそこにいてくれ」

ぐいと肩を掴《つか》まれ、レオンハルトの背後へと庇われる。

広い背中越しに、ザイードが唇を歪《ゆが》めるのが見えた。

「ははっ、随分と必死だな!!　そんなにもその女に入れあげ、一体どうするつもりだ？」

「兄上の方こそ何をしているのです？　嫌がる女性に迫ろうとするなど、ご乱心なさいましたか？」

異母兄と相対したレオンハルトは、険しい顔をしている。穏やかな笑みを浮かべていることが多い彼だが、今の表情を見ると、ザイードと似ているのだと感じられた。

（半分とはいえ、血が繋《つな》がっているということね）

陽光を束ねた金の髪のレオンハルトと、宵闇で染め上げた黒い髪のザイード。

光と闇、方向性は違いながらも、どこか似通ったところのある美貌の持ち主の二人だ。

異母兄弟の王子たちを見ながら、コーデリアはゆっくりと息を吸い込んでいく。

ザイードに迫られた時には、正直どうしようかと思った。王太子である彼から強引に逃げ出せば、後々厄介な事態になるのは明らかだ。レオンハルトのおかげで一息つけたし、仕切り直しができそうだった。

「レオンハルト殿下、ありがとうございます」

「コーデリア？」

すい、と。

レオンハルトの背をすり抜け前へ出る。

「何をするつもりだい？　兄上とのことなら、俺にまかせておいてく――――」

「大丈夫です、殿下。ザイード殿下は私の、命の恩人ですもの」

突然何を言い出したのだと言いたげに、ザイードが眉をひそめる。

彼に口を出させる隙を与えないよう、コーデリアは滑らかに言葉を続けた。

「私が賊に襲われそうになって怯えていたところを、ザイード殿下が助けてくれたんです。なのに私、恐怖がすぐには収まらなくて、恩人である殿下からも、反射的に逃げ出そうとしてしまったんです」

言いつつ、コーデリアは自らの右腕を上へとかざした。

指は小刻みに震え、持ち主の動揺を雄弁に物語っているように見える。半分は演技で、半分は心からの恐怖だ。長身の男性であるザイードに迫られるのは、図太いコーデリアであっても、やはり恐ろしいものだった。

「こんなに震えてしまって、冷静になれなくて。……でもこれはザイード殿下に対してではなく、賊に対しての恐怖心の表れです」

「はっ。面白い言い草だな。さっきまで散々、俺への拒絶の言葉を吐いていたのはどの口だ？」

「先ほどは私、動転していましたから……。殿下も、私の拒絶が本気で殿下を嫌悪してのものではないとご存知でしたのでしょう？　嫌がる女性に無理やり迫るなどという犯罪者まがいの行いを、英明と名高い殿下がなさるなんてとても思えませんもの」

英明と、という部分にそれとなく力を込めて言ってやると、ザイードが瞳を険しくした。

コーデリアの言葉を意訳すると、

『ザイードは動揺したコーデリアを落ち着かせようとしていただけであり、コーデリアがザイードを本気で拒絶したわけではないし、ザイードも犯罪者のような振る舞いをしたわけではなかった』

――――ということにして、この場を手打ちにしようという提案だ。

ザイードの振る舞いは腹立たしかったが、表立って告発すれば、王太子であるザイードと本格的に敵対することになる。それは避けたかったし、ザイードの側としても、嫌がる女を襲おうとした、などという醜聞は避けたいはずだった。

「確かに、誤解を生みかねない場面であったのは確かですし、レオンハルト殿下が勘違いなされても仕方無いと思います。ですからこそ、今日の出来事は口外せず互いの心の内だけに留め、あらぬ憶測が流れぬようにしませんか？」

「……全てを、無かったことにしろということか？」

「それが、互いにとって最良の道だと思います。……私は既に、四度も婚約者に捨てられた惨めな令嬢として、悪評がつきまとう身です。これ以上私が噂の種になるかは、全て殿下のお心一つにかかっていますから……」

ザイードがこちらの提案を呑んでくれれば、とても助かると。

そう彼にすがり、持ち上げるように言ってやると、ザイードが唇を緩めた。

自尊心が満たされ、コーデリアの言い分を受け入れる気になったようだった。

「ふんっ、貴様がそこまで言うなら仕方ないな」

ばさりと、ザイードがマントを翻《ひるがえ》し背を向けた。

「俺はここで誰にも会わなかったし、哀れな女を助けることもなかった。そういうことにしておいてやるから、せいぜい感謝するがいい」

悠然と去るザイードの背を、木陰から姿を現した従者らしき男たちが追いかけた。

（王太子である彼が、一人きりで行動しているわけないと思っていたけど……）

やはり、人を控えさせていたようだ。

そもそもザイードがここへ来たのは突発的な行動ではなく、コーデリアをはめるためだった。コーデリアが本気でザイードから逃げ出そうとしたら、数人がかりで押さえつけられていたかもしれない。

（もし、レオンハルト殿下が駆け付けてくださらなかったら……）

最悪この場で殺されるか、女性としての尊厳を奪われていた可能性もある。

一難去って緊張の糸が切れると、抑えつけていた恐怖がぶり返してきた。背筋が冷え、心臓が嫌な音を立てる。恐怖を鎮め、平常心を取り戻そうとしていると、

「コーデリア、我慢しないでくれ」

「殿下……？」

コーデリアの手を、レオンハルトがそっと包み込んでいた。

「兄上は去ったんだ。もう君が警戒し、恐怖を押し殺す必要は無い」

「……先ほどの手の震えは演技です。その証拠に、今はどこもおかしなところはないでしょう？」

表情はいつも通りだし、体だって無様に震えていないはずだ。

そう主張するように笑みを浮かべても、レオンハルトは手を離さない。

「怖かったら震えていい。そうした方がきっと、心も早く落ち着くはずだ」

――――私は震えてなんていないし怯えてもいません。

再びそう主張しようとしたところで、コーデリアは思わず言いよどんだ。

（温かい……）

それはきっと、レオンハルトの言葉が静かだったから。

弱さを哀れむのではなく、強がりを笑うでもなく、心を開けと迫るでもなく。

震えていいのだと、恐怖を表していいのだと、そう告げられただけだったから。

残ったのはただ、そっと包まれた手の温かさだけだった。

「……ありがとうございます、殿下」

彼の手を振り払うことはできず、だからと言って恐怖を表に出すこともできず。

結果出てきたのは陳腐でありふれた、でも心からの感謝の言葉だった。

気がつけば恐怖心は収まっている。冷静に行動していたつもりだが、やはり動揺していたらしい。

レオンハルトと恋人でもないのに、手を握られているのはまずかった。

「殿下、すみません。手を外させてもらいますね」

「あ……」

指を引き抜くと、レオンハルトが切なそうな声を上げた。

名残惜しそうな彼の顔に、コーデリアは自らの腕を見つめた。

手の甲と指の関節、薄桃の爪《つめ》がある。今日は素手で、手袋は装着していなかった。

なのに彼は、コーデリアの手を見ているということは。

「……手袋フェチではない？」

「手袋……？　俺がどうかしたのか？」

「いえ、独《ひと》り言です。どうか気になさらないでください」

危ない危ない。

つい気が緩んで、本音がこぼれ落ちてしまったようだ。

なぜかこちらに好意的なレオンハルトだが、彼はれっきとした王子だ。

(王族の前にいるのだもの。きちんとしなくちゃいけないわ……)

コーデリアは気を引き締めると、一つ不自然なことに気づいた。

静かすぎる。

先ほどから声を発しているのは、自分とレオンハルトの二人だけ。気絶したままのパメラはともかく、レオンハルトの従者らしき人間の存在が、どこにも感じられないのはおかしかった。

「殿下、お付きの方はどこにいらっしゃいますか？　私を慮《おもんぱか》って陰に控えさせているのなら、そろそろお呼びいただいてもよろしいかと」

「……供の者はいない。この場には、俺一人で来たからな」

「殿下お一人で？」

「急いで駆け付けたから、置いてきてしまったようだ」

そんな馬鹿なと、コーデリアは喉元《のど》まで出かかった言葉を呑み込んだ。

確かにレオンハルトは剣術に長《た》け、身体能力にも恵まれていると聞いている。だが王子である彼の従者や護衛だって、それなり以上に運動能力は優れているはずだ。

(そんな優秀な護衛たちが置き去りにされるなんておかしいわ……)

たとえレオンハルトの脚力が頭抜けていたとしても、彼は先ほどからこの場を動いていないのだ。

護衛が一人も追い付けないのは不自然すぎる。

一つの疑いが種となり、いくつもの疑問がコーデリアの中で芽を出した。

「殿下がお付きの方々とまだ合流できていないということは、かなり遠くから全速力で走って、この場に駆け付けたということですか？」

「あぁ、だいたいそんなところだ」

レオンハルトが微笑《ほほえ》んだ。

怪しい。

顔こそ笑っているが、先ほどまでこちらに向けていたのとは違う、空々しさを感じる笑いだった。

「……そんなに遠くにいたのに、どうして私を見つけられたんですか？　距離がそれほどにも開いていたら、こちらの姿は見えませんし、声だって聞こえないはずですよね？」

レオンハルトから視線をそらすことなく、コーデリアは問いを重ねた。

曖昧《あいまい》に微笑むままの彼に、疑惑が育っていくのを感じた。

(どうして殿下は私を見つけ、助けられたの？　ひょっとして……)

先ほど、彼の兄であるザイードも、賊に襲われていたコーデリアの元に駆けつけていた。

だがしかし、それはザイードの企みであり、賊たちと共謀していたからこそできたことだ。

ザイードと同じように、コーデリアの危機を救ったレオンハルトもひょっとして、

(私がこの場で賊やザイード殿下に襲われると、あらかじめ知っていたということ……？)

そう考えれば筋が通る。

先ほど手を握ってくれた彼の手の温かさを疑いたくはなかったが、不審な点が多すぎる。

「……殿下、お答えください。殿下は私のことを、どうするおつもりなのですか？」

レオンハルトから身を引きつつ、コーデリアは問いかけた。

「君を守りたかっただけ、と言ったところで、聡《さと》い君は納得してくれないだろうな……」

困ったように、レオンハルトは笑いかける。

「……匂《にお》いだよ」

「？　匂いとは、いきなりなんでしょうか？」

「君の匂いを辿って、俺はここに辿り着いたんだ」

にわかには信じられない言葉だ。

コーデリアは首を傾《かし》げつつ、レオンハルトの告白を聞いていた。

「俺のところに今日、君がカトリシアの茶会に招かれたという知らせが入ったんだ。君は彼女に理不尽に恨まれてただろう？　だから警戒して情報を集めたら、兄上まで不穏な動きを見せていたんだ」

「それで、この森の近くにまで来たということですか？」

「あぁ。従者たちと共に森に来て、馬車から降りたところで、君の匂い……のようなものが、人気《ひとけ》のない森から漂うのを感じたんだ。万が一、君に何かがあったらたまらないと、慌てて駆け付けたところさ」

レオンハルトの言葉に、嘘は感じられなかった。

これで全てが出まかせなら、彼の言葉は何も信じられなくなりそうだ。

（でも、殿下の言葉が本当だとしたら……）

自分はそんな遠くから臭《にお》うほど、体臭がきついのだろうか……？

そんなはず無いと思いたかったが、自分自身の体臭というものは、案外気づけないものだと聞いている。……自覚が無かっただけで、自分は激臭をまき散らかしていたのだろうか？

（へこむわ……）

ある意味、ここ数か月で一番の落ち込みだ。

トパックに婚約破棄を告げられた時より、ひょっとしたらダメージが大きいかもしれなかった。年頃の令嬢として、身だしなみには気を使っていたはず。指を鼻先に持っていき、おもわず臭いを確認してしまった。

初めは無臭。しかしよく嗅《か》いでみると、ほのかに甘い匂いがする。

先ほどつまんだアップルパイの残り香だ。

「……コーデリア、その……気にしないでくれ。気になる相手のことは、遠くにいてもわかるというだけのことだからな……」

「……いくら好意があっても、普通の方では無理だと思います」

「あぁ、それはまぁ、その……俺は普通ではないからな……」

気まずそうなレオンハルトに対して、

「つまり殿下は手袋フェチではなく、匂いフェチということですか……」

知りたくなかった性癖を告白され、コーデリアはぼそりと呟《つぶや》いた。

「なぜ俺が君に、手袋に執着する変態だと思われていたんだ……？」

「殿下が以前、執拗《しつよう》に私の手袋を欲しがっていらしたので、てっきり手袋に興奮する方なのかと……」

「違う!! 断じて違うからなっ!?」

無実を叫ぶレオンハルトに、コーデリアは生ぬるい視線を注いだ。

「わかります。手袋ではなく、手袋についた匂いを持ち帰りたかったのですよね？」

レオンハルトは曖昧に笑っているが、目はそれて泳いでいる。

……改めて言葉にして発すると、しみじみと酷《ひど》い話だ。

助けてくれた彼には感謝しているが、やはり少し引いてしまう。

「性癖に貴賤《きせん》は無いと言いますが……。匂いフェチの殿下に、手袋フェチの方を馬鹿にする資格は無いと思います」

「ぐっ……。未《いま》だかつてこれほど、蔑《さげす》みの目を向けられたことは無かったぞ……？」

「……つまり殿下は今まで、周囲に性癖を隠し通しておられたのですね」

「なぜそうなるっ!?」

レオンハルトが頭を抱え込んだ。

「俺は手袋フェチでもなければ、匂いフェチでもない……。匂いというのは比喩《ひゆ》のようなものだ。決して俺は、体臭そのものに興奮するわけでは無いからな？」

「では一体何に執着し、何に興奮するというんですか？」

「一言では表せないが……。あえて言うなら魂が発する何か。目に見えず耳に聞こえず熱くも無く冷たくも無く触れることもできず……。でも確かに存在する、そんな類のものだ」

「魂……」

と、言われたところで、到底納得できるものでは無かった。

魂だなんだと言われても、胡散《うさん》臭さしか感じないのが正直なところだ。

コーデリアが色んな意味で引いていると、ふいにレオンハルトが瞳を鋭くした。

「……っ、あっ……」

うめき声へと視線を向ける。

気絶していたパメラが、意識を取り戻したようだった。

「あなた、大丈夫？　ここがどこかわかるかしら？」

「うぁ……私は……」

パメラの瞳がゆっくりと焦点を結んでいく。

コーデリアが顔色をのぞき込むと、パメラの瞳が見開かれた。

「っ、コーデリアっ!?　なんで私はっ……ひあっ!?」

戸惑うパメラの視線が、レオンハルトを捉《とら》え硬まった。

「どうして殿下がここにっ!?」

「驚くのはわかるわ。ゆっくりでいいから落ちつい――――きゃっ!?」

突き飛ばされ、コーデリアが尻もちをつく。

パメラは立ち上がると、コーデリアたちから遠ざかる方向へ――――湖に向かって駆け出した。

「違いますす違うんですっ!! 私は悪くありません!! なのにどうして殿下までいるんですか!?」

「駄目よ、そっちはあぶな――」

「殿下に私を断罪させるつもりですね!? 嫌っ!! もう嫌よ嫌っ!!」

こないでと泣き叫びながら、パメラがボートへと乗り込んだ。

錯乱したままに勢いをつけ、湖へと大きく漕ぎ出したが――――

「きゃぁぁぁっ――――」

悲鳴が途切れ、大きな水音が上がった。

ゆっくりとだが止まることなく。ボートは浸水が続いていた。水がたまった状態では、パメラの体重を支え切れないようだった。

「落ち着いて!! 余計に沈んでしまうわ!!」

岸からすぐの距離だが、意外に深さがあるらしい。足がつかないようで、焦ったパメラが手足をばたつかせている。

「俺が行く!!」

衣装が濡れるのも構わず、レオンハルトが湖へと飛び込んだ。

力強く水をかき、あっという間に転覆したボートに辿り着く。

パメラを引き上げようと潜った彼は、なかなか浮上してこなかった。

「殿下っ⁉」

「くるなっ‼　ドレスの一部が、ボートに絡んで外れないっ‼」

コーデリアの叫びに、レオンハルトが顔を上げ答える。

水面下で手を動かしているようだが、苦戦しているようだった。

（このままじゃ殿下まで引きずり込まれる……⁉）

最悪の想像がよぎった。

レオンハルトをここで死なせるわけにはいかない。

コーデリアはドレスを見下ろした。わずかの葛藤《かっとう》の後、勢いよく裾《すそ》を引きちぎる。

袖《そで》をまくって動きやすいようにし、いざ飛び込もうとしたところで――

「っ⁉　まぶしっ⁉」

激しい金の光が、湖から激しく立ち上がる。

反射的につぶってしまった瞼《まぶた》を持ち上げると――

「獅子《しし》……？」

呆然《ぼうぜん》と、コーデリアは呟いていた。

太陽が落ちてきたと錯覚するほどまばゆい、金色の獅々が佇んでいる。

黄金色の毛並みは艶やかで、水を滴らせてなお、優美な気品を放っていた。堂々たる体躯《たいく》に、頭部を覆う豊かなたてがみ。神々しささえ感じるほどの、圧倒的な佇まいで湖に君臨する猛獣に、しかしコーデリアは怯えてはいなかった。

獅子の瞳を見たからだ。

どこか見覚えのある翡翠《ひすい》色の瞳が一瞬、こちらを向き優しく細められた気がする。

それに加え、獅子はパメラを助けようとしていた。頭部が水に浸《つ》かるのも気にせずボートの下に潜り込み、パメラを引っ張り上げようとしてるように見えた。

獅子の後ろ脚が湖面を跳ね上げ、水しぶきが宙へと舞い上がる。

コーデリアが不安げに見守る中、一際大きいしぶきと共に、獅子が水面から顔をのぞかせた。その口元には、しっかりとパメラのドレスが咥《くわ》えられている。獅子はそのまま手足を動かし、ドレスに絡まったボートごと、パメラを陸へと引きずり上げてきた。力強い外見の通り、人間とは比べ物にならない筋力を誇っているようだ。

「大丈夫っ⁉」

助け上げられたパメラへと、コーデリアは急いで走り寄った。

幸い、全身が濡れてしまった以外に大きな怪我はなく、命に別状は無さそうだ。胸元が規則的に上下し、呼吸が緩やかなものになったのを見て、コーデリアはほっと安心したのだった。

「……あなたは……？」

そうなると気になるのが、突然現れた金色の獣だった。

外見こそ、絵物語で見た獅子に似ているが、獅子はこのあたりに生息していないはずだ。

「レオンハルト殿下、なのですか……？」

突如あふれ出た光。姿の見えない王子。湖からパメラを助けた獣。

（つまりこの美しい猛獣こそが、レオンハルト殿下ということなの……？）

そんな突拍子も無い疑問を肯定するように、獣が小さく鳴き声を上げた。

湖水を滴らせながらも悠然とし佇まいは、百獣の王と謳《うた》われるのも納得の雄姿だ。

「きゃっ！」

――――ぶるるるる、と。

体を乾かそうと身をよじる獣から、水滴が弾となり飛んでくる。

冷たさに悲鳴を上げると、獣がぴたりとその動きを止め硬まった。

「ぐうううぅっ……」

すまないと、そう謝罪するように一声鳴いた獣の体が、強く金色に輝き始めた。

「まぁ……」

感嘆のため息を漏らす。

ゆらゆらと揺れる黄金と白金の炎が、獣からあふれ出してくる。

炎はマントのように毛皮を覆うと、まばゆい光を放ちかき消えた。

「綺麗ね……」

光が収まると、すっかりと身を乾かした獅子の姿がある。

体毛はより一層艶やかに、たてがみが空気を孕《はら》みたなびいてる。

今の炎は、魔術か何かの類だろうか？

目の前の獅子が幻でないと確認するように、コーデリアは恐る恐る手を伸ばした。

「……柔らかい……」

さらさら、もふもふと。

毛足の長いたてがみと、その下にある綿毛のような感触。滑らかさと柔らかさ。二つの触り心地を備えた毛並みが、優しくコーデリアの手を楽しませていた。

たてがみに指を埋め堪能《たんのう》していると、獅子が頭をすり寄せてくる。何度も頭頂部をこすりつけるようにして、こちらへと身を預けてきた。

（くすぐったいわ……）

目を細め、しきりに体を寄せてくる獅子の姿に、唇から小さく笑いがこぼれた。

（立派な体をしているけど、仕草はどこか可愛らしいわね）

手を伸ばすと、肉厚な舌が指を舐《な》める、ざらりとした痛かゆい感触が返ってくる。ごろごろと喉を鳴らしながら、一心にこちらへとじゃれつく姿は、まるで子猫のように愛らしかった。

（そういえば獅子は、猫の仲間であると聞いたような……？）

猫は猫でも、野良猫でも山猫でも無く、ご主人様大好きな飼い猫だ。

無邪気に戯れる獅子の様子に、コーデリアはそう結論づけたのだった。

……だがいくら行動が愛らしくとも、獅子はやはり獅子である。

猫の十倍はある巨大な体躯にじゃれつかれ、コーデリアは倒れ込んでしまった。

「いたたた……」

腰をさすっていると、獅子がはっとしたように飛びのいた。

腰を低くし、耳がぺたりと垂れたその姿は、反省ししょぼくれているように見える。

知性の片りんをのぞかせる獅子に、コーデリアはもう一度問いかけることにした。

「やはりあなたは、レオンハルト殿下なのですか……？」

「ぐがぁぅうっ……」

「今もこちらの言葉が理解できるなら、三度鳴いてもらえますか？」

「がうがうがうっ!!」

今度こそはっきりと、獅子――レオンハルトが答えを返してきた。

尻尾《しっぽ》の先端をゆらゆらと揺らしながら、再びコーデリアへと近づいてくる。

「わ、殿下っ!?」

すりすりと。

撫《な》でろとでも言うように、レオンハルトが身を寄せてくる。

「殿下、駄目です。早く離れてください!!」

先ほどは思わず撫で回してしまったが、相手は王子であるレオンハルトだ。

獅子が彼だという確信を得た今、獣相手と同じ距離で接することは不可能だ。押し留めようとコーデリアが手を伸ばすが、獅子の力に勝てそうに無かった。

「殿下っ!!　お願いですおやめください!!」

コーデリアは顔を赤くし叫んだ。

懇願の叫びに、レオンハルトもはっとしたようだった。

「ぐううぅっ……」

尾を垂れ俯《うつむ》く姿に、コーデリアの罪悪感が刺激されるが、ほだされることはなかった。

断固として拒絶の姿勢をとっていると、根負けしたレオンハルトが遠ざかる。

遠ざかりつつも諦めきれないようで、チラチラと視線をコーデリアに向けているようだった。

（まるで、またたびを取り上げられた猫みたいね……）

そう考えると哀れみを誘われたが、態度を変えることはできなかった。

またたびにじゃれる猫は愛らしいが、彼はれっきとした人間だ。

執着の対象がコーデリアである以上、受け入れることは不可能だ。

（今の姿といい、以前私の手を蕩《とろ》けた瞳で見ていたことといい……。殿下にとって私は、またたびのようなものなのかしら……）

まさかまたたび扱いされているなんて、と。

コーデリアが遠い目になっていると、目の前の獅子――もといレオンハルトが、うなだれていた顔を上げた。柔らかな和毛に包まれた耳が、前後へと小刻みに動かされている。

動きにつられ、ふわふわと揺れるたてがみを見ていると、小さく咳《せ》き込む声が聞こえた。

「……っ、はっ、ごほっ……」

溺れかけ気絶していたパメラだ。

瞼は閉じられたままだが、意識を取り戻したのだろうか？

彼女に対し、今の状況をどう説明するものかと考えていると、視界の端がかすかに明るくなるのを感じた。

コーデリアが反射的に見ると、その場にはレオンハルトが立っている。

獅子の姿ではなく、れっきとした人間の体だった。

「殿下、よかった。人間に戻れたんですね……」

先ほどまでの、子猫のように愛らしい獅子の姿に名残惜しさを覚えつつも、コーデリアは一つ安心した。これからどうすべきか、小声で話し合おうとレオンハルトへ近寄ろうとしたところで――

「駄目だ！　来るなコーデリア！」

顔を背けられ、距離をとるよう後退されてしまった。

この上ない拒絶の仕草だ。

「どうしたんです殿下？　なぜ私から視線をそらし――きゃっ⁉」

軽い衝撃とともに、視界が闇に覆われた。

布が被さっている。金糸刺繍《ししゅう》の美しい、レオンハルトの着ていた上着だった。

「コーデリア、まずはそれを羽織ってくれ。話はそれからだ！」

「……あ……」

コーデリアは自身の姿を見下ろした。

薄緑のドレスの裾は破れ、胴衣がずれ落ち、胸元がはだけ肌が見えてしまっている。

令嬢として、あるまじき乱れた格好だった。

「っ……‼」

咄嗟に胸元を隠し、慌てて後ろを向いた。

めまぐるしい事態の推移に失念していたが、パメラを助けに湖へ飛び込むため、ドレスを破ってい
たのだ。その後、獅子の姿のレオンハルトにじゃれかかられたせいで着付けが崩れ、今はもう悲惨の
一言でしかなかった。

(なんて格好で殿下の前にっ……!!)

数分前の自分を殴りたくなる。

結婚や恋愛を諦めているコーデリアだが、人並みの羞恥心《しゅうち》は持ち合わせていた。

王族であるレオンハルトの前に無残な姿を晒《さら》すなど、貴族としても最悪だ。

(しかもこの脱げかけたドレスで思いっきり、殿下に体をこすりつけられていたわよね!?)

埋まりたい。

穴を掘って埋まってしまいたい。

レオンハルトが獅子の姿の時だったとはいえ、あんまりにもあんまりだ。

素早く上着を羽織り、どうにか見苦しくならないよう調節していく。腕の長さが足りず、袖から指
先だけを出す形になってしまったが、無いよりずっとマシだった。

「……ありがとうございます、殿下。お見苦しい姿を晒してしまい、まことに申し訳ありません」

「……謝るのは俺の方だ。もっと早く指摘すべきだったのにできず、あげく体をすり寄せてしまって
――――」

「あれは事故です」

「コーデリア、だが……」

「不運な接触以外何もありませんでした。そうですわよね？」

懇願するよう畳みかけると、気まずそうに視線をそらされてしまった。

「殿下？」

「……君には、本当にすまなかったと思っている」

大きく息を吐き、レオンハルトが語りだした。

「言い訳になるが……。獅子の姿の時は、理性の抑えが弱くなってしまうんだ」

「……精神の在《あ》りようが、外見に引っ張られてしまうということですか？」

「あぁ、そうだ。とは言っても生まれつきの獣と違い、しゃべれないだけで人の言葉は理解できるし、いつもはもう少し、知性や理性が残っているものなんだが……」

「先ほどは違ったのですね？」

レオンハルトが頷《うなず》いた。

「パメラを助けようと湖に飛び込もうとする君を見て、君が溺れてしまったらと焦って……。それで慌てて獅子の姿になったせいで、理性の締め付けが弱くなってしまったようだ」

「そういうことだったのですね……。すぐに人の姿に戻らなかったのもそのせいでしょうか？」

「恥ずかしながらな。獅子の姿の俺に見とれていた君に、ずっと触れていたいと思ってしまったんだ」

宝石のような緑の瞳が、揺らぐことなくこちらを見つめている。

獅子の姿の時と同じく優しい。

でも少しだけ違う熱を宿した瞳から、コーデリアは思わず目をそらした。

男性に乱れたドレス姿を晒すことも、こんなにもまっすぐな思いを向けられることも初めてだ。

（……恥ずかしいわ）

恥ずかしくて気まずくて。そして何より、彼の好意を不快だとは思わない自身に対して、コーデリアは戸惑いを感じたのだった。

「……殿下、戯れはおよしください。以前にも申し上げましたが、私はただの伯爵令嬢にすぎないのです。殿下の好意を向けられる理由も、受け取る資格もございません」

「俺の思いが、偽りや見せかけだと思っているのかい？」

「……嘘ではなくとも、勘違いということはありえるかと思います」

王子であり、自分を何度も助けてくれた彼に対し、失礼なことを言っている自覚はある。

だが誰より、コーデリア自身が信じられなかったのだ。

レオンハルトと言葉を交わしたのは、この前の舞踏会が初めてだ。一目惚《ぼ》れされるような容姿ではないし、内面にしたって、我ながら可愛げのない性格だと自覚していた。

「自分の心は、時に自分自身にもわからないものだと聞いています。殿下はお優しい方です。婚約者に棄《す》てられた私への哀れみや同情を、好意だと勘違いしてしまっているのではないでしょうか？」

「哀れみのみで君を何度も助けようとするほど、俺は優しい人間ではないよ」

「ですが……」

「コーデリア」

なおも反論しようとした言葉は、静かに名前を呼ぶ声に遮られてしまった。

「自分を卑下し過小に見積もるのは、君の数少ない悪癖だ」

「そんなことはありません。私などでは殿下とは到底釣り合わないと、そう理解しているだけです」

「いいや違う。違うよコーデリア。君は自分にもっと、自信を抱くべきなんだ」

レオンハルトの瞳が、痛みをこらえるよう細められた。

「今だけじゃない。君は先ほども兄上に対し、自分のことを惨めだと言っていただろう？」

「あの時はそう言わなければ、ザイード殿下の合意を引き出せないと思ったからです」

「あぁわかっているさ。だがな、俺が嫌なんだ」

「殿下が？」

「……本心でなくても。口に出し自らを貶《おとし》めるのは、決して気分のいいことじゃないはずだ。俺は自らを卑下する君の姿を、見ていることが嫌なんだ」

コーデリアは黙り込んだ。

婚約破棄の件で他人から馬鹿にされるのは慣れていたし、今更傷つく自分ではなかったが。

(たとえ方便であれ、自分で自分を『婚約破棄された哀れな令嬢』と言うことは)

痛みと言うほどもない、ちょっとした引っかかりであれど。

不快さは、怒りは、悲しみは。

確かに少しずつ、心の底に降り積もっていたのかもしれなかった。

（殿下は、それに気づいてくださった……）

心の傷とまでもいかない、小さな小さな、ささくれのようなものなのだ。

コーデリア自身、今まで自覚することのなかったそれに、他人である彼が許せないと言うなんて。

（変わったお方ね……）

そう思いつつ、コーデリアの唇は緩んでいた。

コーデリア自身でさえ気づかなかった小さなささくれを、見逃《みのが》せないと告げたレオンハルト。

ほんの些細な傷であれ、コーデリアが傷つく姿を見るのは許せないと。

そう告げる彼の言葉に嘘が無く、落ち着いた声が心地よかったからだろうか？

ほんの少しだけ心が軽くなったような、わずかに温かくなったような。

柔らかい部分をくすぐられたような気がして、コーデリアは微笑んでいたのだった。

「コーデリア……」

レオンハルトもまた瞳を蕩かせ、甘く柔らかく微笑んでいた。

愛おし気にコーデリアの名を呟き、頬に向かい手を伸ばす。

彼の指が触れようとしたところで――

（手袋フェチの匂いフェチっ!!）

脳内に走った単語に、咄嗟に一歩、後ずさってしまっていた。

「あっ……」

またたびを取り上げられてしまった猫のような。そんな切なげな様子のレオンハルトに罪悪感を刺激されつつ、一歩二歩と、更に距離を取るよう後ずさる。

（すみません殿下。でも……）

このまま雰囲気に流され、彼の好意を受け取るわけにはいかなかった。

彼が王子だということもあるが、それ以上に見過ごせない理由がある。

思い出す。彼と初めて言葉を交わした、舞踏会の日のことだ。

あの日も彼はコーデリアに甘く囁き、うっとりとした瞳で手袋を握ってきた。初対面とはとても思えない執着っぷりに、『殿下は手袋フェチではないか？』と引いてしまったほどだ。

それについさっきだって、こちらを切なげに見る彼のことを、『匂いフェチでは？』と疑ったところだった。

（殿下が、私に好意を向けてくれているのはもう疑っていないけど……）

その理由が、まだコーデリアには理解できていなかった。

気になりだすと、彼の好意を素直に受け入れることはできなかった。こういう理屈っぽい、保身に走る性格が、トパックたちに『可愛げがない』と言われる原因なのはわかっている。

だが自覚したところで、やはりコーデリアは、レオンハルトに問いかけるのを止められなかった。

「殿下、一つお尋ねしたいことがあります」

「何だい？」

「舞踏会でお会いした時から、殿下はとても私によくしてくれていました。それはとてもありがたいことなのですが……」

少し言いよどむ。

「……そもそもなぜ殿下は、私のことをそんなにも気にかけてくれているのですか？」

「目が合うと嬉しくて、君が俺にとってこの上なく魅力的だったから。……それだけでは不満かい？」

寸分も照れることなく、砂糖たっぷりのセリフを吐くレオンハルトに、コーデリアは気圧《けお》されていた。甘く熱く、こんなにもまっすぐな思いを囁かれるのは初めてで、とまどいを隠せなかった。

「私にはどうしても、疑問が残るのです――殿下が、私を魅力的だというその理由。殿下は初対面も同然の私の何を、そこまで気に入ってくださったというのですか？」

「一目惚れ……と言いたいところだが、それだけでは、君は納得できないだろうな」

レオンハルトは自身の胸へと手を当て語りだす。

「先ほど君も直接見たように、俺は人と獅子、二つの姿に生まれつき変化することができるんだ」

「生来のもの、そして変じた姿が獅子ということは、やはり王家の祖である、獅子の精霊繋がりで？」

ライオルベルン王国の建国伝説。黄金の獅子の精霊と、獅子に選ばれた聖女により、王家の血筋は始まったと伝えられている。炎を従える黄金の獅子が、聖女に加護と聖剣を与えたという伝説だ。真偽は定かではないが、今でも王家には、数百年間誰も抜くことのできていない聖剣が、代々受け継がれているらしい。

獅子と聖女、そして聖剣の伝説はこの国では知らない者がいないほど有名で、黄金の獅子は聖獣として敬われており、国の紋章にも取り入れられていた。

「正解だ。詳しい説明は後にするが、あの獅子の姿は確かに俺本人だし、人の姿をとっている時にも、普通の人間と違う点がいくつかある」

「聴覚が鋭いのも、そのおかげなのですか？」

先ほど気絶していたパメラが意識を取り戻すのを、レオンハルトはいち早く察知していた。注意力の差かとも思ったが、あの時はコーデリアも、それなり以上に神経を尖《とが》らせていたはずだった。

「その通りだ。視覚や聴覚といった感覚は人と少し異なっているし、それとは別の五感以外の感覚も、俺の身には備わっていたんだ」

「……先ほど言っていた、『匂いのようなもの』、ですか？」

目に見えず耳に聞こえず、熱くも無く冷たくも無く触れることも無いと言っていた、匂いのようなその感覚。コーデリアは自身の腕を鼻先に持ってきて、ついその匂いを嗅いでしまった。

「ただの人間である私には、どういうものかわからないのですが……。その匂いのようなものは、殿下の感覚からすると、個人個人によってそんなに違うものなのですか？」

「大違いだ」

断言されてしまった。

「人により違いは歴然だ。今まで君ほど、惹《ひ》きつけられる相手はいなかった。その違いや魅力を、言葉にして説明するのは難しいんだが……」

「……猫にとっての、またたびのようなものでしょうか？」

コーデリアはぽつりと呟いた。

先ほどの獅子の様子は、昔見た、またたびを与えられた猫にとてもよく似ていた。

「またたび、か……」

レオンハルトは呟きつつ、何やら深く頷いていた。

「……確かに、言いえて妙かもしれないな。俺は君を前にすると手放したくなくて、惹きつけられてたまらなくなってしまうからな」

甘く恍惚《こうこつ》とした光を宿した瞳で、レオンハルトが告白した。

言葉だけ聞けば、これ以上ないほど熱烈な溺愛宣言であったのだが――――

「コーデリア、君は俺のまたたびなんだ」

「……はい？」

――続くセリフが斜め上だ。

またたびの例えを出したのはコーデリアの方だったとはいえ、面と向かってまたたび扱いされると、どう反応を返せばいいかわからなくなってしまう。戸惑い曖昧に笑うコーデリアの前で、レオンハルトがキラキラと光り輝く、極上の笑顔で口を開いた。

「俺のまたたび……いや、妃になってくれ、コーデリア」

「またたび扱いはお断りします」

――せめて人間扱いして欲しいです、と。

コーデリアは思わず遠い目をした。

情熱的な求婚（？）をきっぱりと断ると、レオンハルトが目をしばたたかせていた。

「……まさかコーデリアは、またたびのことが嫌いなのか？」

「好きとか嫌い以前に、私はまたたびではありません」


『私はまたたびではありません』


……我ながら意味不明なセリフである。

人生において、まさかこんな断り文句を使う日が来るなんて、コーデリアだって予想外だ。そんなコーデリアの内心を知ってか知らずか、レオンハルトが熱に浮かされたかのように唇を開いた。

「すまない、俺の言葉が悪かったようだな……。またたびというのはあくまで比喩だ。コーデリア、君は俺にとってまたたび以上に愛らしい、とても素晴らしく魅力的な存在なんだ」

……違う、そうじゃない。

ツッコミを入れたくなるのを、コーデリアは全力で我慢した。

（というかそもそも、『またたびより愛らしい』というのは褒め言葉になるのかしら……？）

ならないはずである。

自分の思考に駄目だしをしつつ、コーデリアが口を開こうとしたところ――――

「コーデリア、しばらく今の話は後だ。彼女が意識を取り戻しそうだ」

レオンハルトが声を潜め、木に寄りかかるパメラを見やった。

人より優れた聴覚で、パメラの様子に変化を感じ取ったらしい。

その表情に、つい今までコーデリアへと向けられていた甘やかな熱は無く、穏やかだが感情の窺えない笑みが浮かべられている。

彼の表情制御術に無言で拍手を送りつつ、コーデリアもパメラの姿を見守った。

「……んっ……」

ゆっくりと瞼が持ち上がる。

目を開いたパメラはまばたきをしつつ、数度ゆっくりと首を振った。

「私は……なぜ、こんなところに……？　ボートから落ちて、溺れて――っ」

パメラは立ち上がると、慌てて周囲を見渡した。

「獅子よっ‼　溺れる私に獅子が襲いかかってきたのよっ‼　どこにいったのっ⁉」

「パメラ、落ち着け」

レオンハルトの命令に、パメラがびくりと硬まった。

大声を出したわけでは無い。

声が荒らげられたわけでもなかったが、彼の言葉には人を従わせる力があった。いつも穏やかで人当たりがよく、コーデリアの前では甘く優しいレオンハルトだが、彼はれっきとした王族の一人である。

その事実を再確認しつつ、コーデリアは真っ青な顔で震えているパメラへと声をかけた。

「パメラ、落ち着いて。怯えなくても大丈夫。殿下は溺れていたあなたを助けてくれたのよ」

「殿下が、溺れた私を……？」

「獅子なんていない。君が見たのは幻だ」

「そ、そんなわけ……」

ない、と。パメラは断言することはできなかった。

戸惑うパメラを落ち着けるように、レオンハルトが穏やかな笑みを浮かべた。

「君は水を大量に飲んでいたんだ。苦しさのあまり、幻を見ていたに違いない」

「でもっ、あんなに近くで、私のドレスが引っ張られて……!!」

「それも全て幻だ。こんな王都の近くに、獅子がいるわけがないだろう？」

「殿下のおっしゃる通りよ、パメラ。私も見ていたけど、獅子なんてどこにもいなかったわ」

コーデリアも加勢すると、さすがにパメラも納得したようだった。

「……そ、そうですよね。もし本当に獅子がいたなら、コーデリア様だって噛みつかれてしまって、無事ではいられないですものね」

「……その通りね」

……獅子にじゃれつかれまたたび扱いされ求婚され、ある意味全く無事では無かったのだが。

そんな事実はおくびも出すことなく、パメラを安心させるようコーデリアは微笑んだ。

どうやらパメラもだいぶ落ち着いてきたようで、コーデリアへの敬称が復活していた。

「でも、獅子がいなかったなら、コーデリア様のそのドレスはどうしたんですか？」

「あなたを助けるため、湖に飛び込もうとして――――」

「その件なんだが、まずはパメラ、目を覆い向こうを向いていていてくれないか？」

レオンハルトが、コーデリアたちのいる方向と反対方向を指し示す。

パメラは指示に従いつつも、不安そうに声を上げた。

「レオンハルト殿下、どういうことですか？」

「コーデリアはちょうど今、服の乱れを整えようとしていたところなんだ。相手が同性であれ、他人に着替えや身支度は見られたくないものだろう？」

「す、すみませんでしたっ!!」

「気にすることは無い。コーデリアがいいと言うまで、君は目をつぶり反対方向を向いていていてくれ」

両手で目を覆ったまま、パメラがこくこくと首を振った。

それを確認したレオンハルトがコーデリアへと近寄り、小声で話しかけてきた。

「さてコーデリア、これからどうするかなんだが……」

「殿下はここにはいらっしゃらなかった、ということにして、彼女にも口裏を合わせてもらうべきですね」

レオンハルトが助けに来たと公表すれば、色々とめんどうなことになることは間違いない。

ザイードの関与といい、説明の難しい件が多すぎる。

「いつここにパメラや私の従者たち、それにカトリシア様がやってくるかわかりません。殿下は早くこの場を離れた方がよろしいかと思います」

「その通りだな。ではコーデリア、この後で俺の背中に乗ってもらえるか？」

……はい？

一体何を言っているのだろうと訝《いぶか》しんだところで。

（あ、そういうことね。獅子の姿になるから、背中に乗れということ……？）

意味するところは理解できたが、レオンハルトの真意は読めなかった。

「無理です。獅子の殿下を乗り物がわりにするなんて、私にはとてもできません」

「相手が君なら、俺は大歓迎だよ？」

「恐れ多くて乗れません」

「気にしなくても大丈夫。君は羽のように軽いからな」

麗しい笑顔で断言するレオンハルトに、コーデリアは困惑しつつ口を開いた。

「そもそも、獅子の殿下に騎乗する必要性がわかりません」

「人間の姿の方がいいのか？　ならば君を、両腕で抱き上げて行こうか？」

森の中は危ないから、君を歩かせるわけにはいかないよと、当然の顔をして言ってくる。

「……なぜこれから私が、殿下と行動を共にする前提になっているのですか？」

「当然だろう？　カトリシアは君を憎んでいるんだ。そんな彼女がやってくるかもしれないここに、君一人を残して帰るわけにはいかないじゃないか」

「殿下、ご心配はありがたいのですが、カトリシア様くらい私一人で――――」

「コーデリア」

びくりと跳ね上がりそうになる肩を、意思の力で押さえつける。

レオンハルトの声は静かだが、どこか恐ろしく熱を帯びた響きがこもっていて。

まるで大型の獣に睨《にら》まれたように、心臓が早鐘を打つのがわかった。

「君は俺のまたたびだと、そう告げたはずだ」

「またたび……」

レオンハルトの指がコーデリアの手首に触れ、捕らえるように握りしめた。

「獅子は獣で、そして猫の仲間だ。またたびである君を置き去りにするなんて、できるわけがないだろう？」

獅子は獣。

その言葉を証明するかのごとく、レオンハルトの瞳には獰猛《どうもう》な光が煌《きら》いているようだった。

「……コーデリア、君の選択肢は二つだ」

手首が解放され、レオンハルトの瞳からは、つい今しがたの危うい光は消えていた。肩の力を抜くコーデリアの前で、レオンハルトは人差し指を立て説明を始めた。

「一つ、獅子の姿の俺に騎乗し、森を突っ切って俺の乗ってきた馬車へと向かう」

続いて中指が立てられる。

「二つ、俺とともにこの場に残り迎えに来たボートに乗り、君の伯爵家の屋敷まで向かう」

差し出された選択肢に、コーデリアはそっとため息をついた。

（そんなのは最初から、二択として成立してないじゃないですか……）

二番目を選んだ場合。レオンハルトがコーデリアの元に駆け付けたと、カトリシアを筆頭に多くの人間に知られることになるのだ。

しかも不可抗力《ふかこうりょく》とはいえ間が悪いことに、コーデリアのドレスは脱げかけで乱れ切っている。

レオンハルトのお気に入りと噂されているコーデリアが、肌もあらわな状態で彼と共にいた。

……そんな状態を他人に見られたらなんと噂されるか、火を見るよりも明らかだ。コーデリアにレオンハルトの求婚を受け入れる気が無い以上、二番目の選択肢は存在しないも同然だった。

「……わかりました。恐れ多いことですが、獅子の殿下に乗らせていただきますね」

「君なら、きっとそっちを選んでくれると信じていたよ」

レオンハルトが爽《さわ》やかな笑顔を浮かべた。

（殿下、結構くせ者よね……）

コーデリアは心の中で呟いた。

いつもこちらに対し優しく甘く、またたびを前にした猫のようだったレオンハルト。

……だが彼は決して、優しく穏やかなだけの男性ではなかった。

彼は王子であり獅子だ。

パメラに見せた支配者たる王族としての顔や、肉食獣のごとき威圧感を放つ瞳の持ち主だった。

——きわめてめんどくさい相手に、またたび認定されてしまったコーデリアなのであった。

コーデリアは素早く、レオンハルトとこれからの行動を小声で相談していった。打ち合わせが長くなっても不自然なため、おおまかに骨子のみをすり合わせ、行動に出ることに決定する。

「パメラ、服を整え終わったから、こっちを向いても大丈夫よ」

声をかけると、恐る恐るといった様子でパメラが振り向く。

彼女はレオンハルトを前にすると怯《おび》えてしまうため、コーデリアが説明に当たることになった。

「待たせて悪かったわ――――」

「コーデリア様っ!! すみませんでしたっ!!」

パメラが、深々と頭を下げていた。

「……いきなりどうしたの?」

「全部です!! 船に穴を開けたことも、騙《だま》したことも、どうか謝らせて欲しいんです!!」

震え今にも泣き出しそうな表情で。

しかし涙は見せまいと瞼《まぶた》をひくつかせながらも、パメラが謝罪を口にした。

「謝って、許してもらえることじゃないのはわかっているんです!! 私はコーデリア様に、とても酷《ひど》いことをしてしまいましたっ!!」

「…………」

「カトリシア様の命令だったから……だから許してと、だから悪くないと……そう思い込むようにしていたんです……」

でも、と。

自らの体をかき抱くようにして、パメラの震えが強まった。

「でも、そんなだから、罰が当たってしまったんだと思います」

「罰？」

「先ほど、私に襲いかかろうとした獅子《しし》の幻は、きっと……。浅ましく情けない私を改心させるために、聖獣様が姿を現してくださったんだと思ったんです」

……獅子に、レオンハルトに、そんな意図は無かったと思うのだが。

（言わぬが花、というものね……）

王家の祖とされる獅子は国の行く末を見守るため、時に国民の前に姿を現すという伝説がある。

コーデリアはあまり信じていなかったが、未《いま》だ貴族や平民たちには、根強い崇拝《すうはい》の感情が残っていた。

「もちろん、本物の聖獣様が、私なんかの元に現れるわけないって、ちゃんとわかっています。……だからあの幻はきっと、私の思い込みなんです。醜く言い訳ばかりだった私を止めるために、私の罪悪感が、聖獣様の姿を借りて目に映ったんだと思います……」

目元に力を込め涙をこぼさないようにし、パメラがコーデリアを見上げた。

「だから、もう私は、カトリシア様の命令には従いません。これだけで許してもらえるとは思いませんが……これが私にできる、コーデリア様への精一杯のお詫《わ》びです」

再び、勢いよく頭が下げられた。

「……頭を上げてちょうだい。その言葉が本当なら、いくつか頼みごとを聞いてもらえるかしら？」

「は、はいっ!! 私にできることであればっ!!」

許しをこうように見るパメラに、コーデリアはいくつかの指示を出していった。

彼女はこちらに罪悪感を抱いているようだし、口裏合わせに協力してもらうことにする。

『溺《おぼ》れかけたパメラを助けたのはコーデリアである』

『この場にはパメラと従者、コーデリア以外誰《だれ》もいなかった』

『水を飲み弱ったパメラの助けを呼ぶため、コーデリアは森の中へ走っていった』

……という筋書きをパメラに説明し、コーデリアたちはこの場を立ち去ることにした。

「それじゃぁパメラ、カトリシア様たちに会ったら、今言ったようにお願いね」

「わかりました、コーデリア様、レオンハルト殿下。お二人はこの後どうなさるのですか？」

「森を抜けて、湖とは反対方向に向かうつもりよ。悪いけどしばらくの間、目をつむっていてもらえるかしら？」

「目を？」

「今から私たちが行くのは、殿下や限られた方しか知らない、秘密の獣道なの。あなたが言いふらすとは思わないけど、念のため見ないでいて欲しいわ」

「わかりました。お気をつけください」

パメラが反対方向を向き目を覆ったのを確認すると、コーデリアはレオンハルトを見上げた。

「……では殿下、すみませんが」

「あぁ、まかせてくれ」

コーデリアの前でレオンハルトの輪郭が滲《にじ》み、淡い光が放たれる。

まばたきの間にそこには、艶《つや》やかな毛並みの黄金の獅子の姿があった。

「失礼しますね」

獅子の背に手を置き、コーデリアはしばし思い悩む。

乗馬は嗜《たしな》んでいるが、獅子に乗るのは当然初めてだ。

馬と同じように跨《また》がるには、いささか難しそうな体格だった。

「殿下、横座りでも大丈夫ですか？」

「うがっ」

ごく小さい鳴き声とともに、レオンハルトが頷《うなず》いている。

了解の意を受け、コーデリアはゆっくりと背中に腰を下ろした。

たてがみに掴《つか》まっても大丈夫と言われていたため、ありがたく掴ませてもらうことにする。

（……落ち着かないわね）

だが、人間姿のレオンハルトにお姫様抱っこされたまま、森を突っ切るよりは良かった。

今のレオンハルトは人間ではなく獅子、つまりただの獣だ。

森を抜けるため、獣の背中を借りるだけだと……そうコーデリアは自分に言い聞かせたのだった。

「それでは殿下、お願いしますね」

無言でレオンハルトが頷いた。

しなやかな四本の足が動き、勢いよく森へと駆け出した。

(気持ちいい……)

風を感じながら、コーデリアは髪を押さえた。

乗馬経験があるとはいえ嗜み程度。初めての早駆けの経験だ。

左右の景色《けしき》が移り変わっていき、頬《ほお》に当たる風も新鮮で、なかなかに愉快な感覚だった。

(獅子は本来、草原に住む生き物だと聞いているけど……)

森をゆくレオンハルトの足取りに危うさはなく、自然な動きで木立をすり抜け駆けている。

走りは滑らかで、鞍《くら》もあぶみもない横座りにも関わらず、体が大きく揺れることも無く快適だ。

(殿下、かなり気を使ってくれているのかしら)

申し訳無いやら恥ずかしいやら。

コーデリアにできることは、しっかりと掴まり、邪魔にならないようするだけだ。あとどれほどで森を抜けられるだろうかと前方を見ると、いくつもの小さな金色の炎が瞬くのが見えた。

(あの炎、私のために……?)

金の炎は進行方向の葉や小枝を焼き、コーデリアの体に当たらないようしてくれている。

王家の祖である獅子は、炎を司る精霊であったと伝えられている。特殊な炎であるおかげか山火事の心配もないようで、レオンハルトは次々に炎を出し駆けていた。

(綺麗《きれい》)

美しい獅子の背で、灯《とも》っては消える金の炎を道しるべのように駆け抜ける。

まるで絵本のような光景を、コーデリアは感動に浸り眺めていた。……もっともその感動は、獅子こそがレオンハルトであるという現実から、少しでも逃避するためでもあったのだけど。

感動半分、現実逃避が半分のまま揺られていると、やがてレオンハルトが歩みを緩め立ち止まる。

「殿下、ありがとうございました」

ドレスの裾《すそ》を直しつつ降りると、獅子の体が揺らぎ人の姿が現れた。長身の体は、上等な青い衣服に包まれている。獅子の姿の時、衣服はどこにも見当たらなかったが、人の姿に戻った時には元の服に戻るようだった。

「人の姿に戻られたということは、じきに森の出口でしょうか？」

「気配を感じたからだ。俺《おれ》の従者が、もう少しすると来るはずだからな」

「殿下が獅子の姿を取れることを、従者の方たちはご存じないのですか？」

「知らせていないよ。俺の獅子の姿を知っているのは父上に母上、それに乳母《うば》といった限られた人間だけだからな」

「そうでしたの……」

つまり、自分は王家の機密情報に触れたも同然だ。

従者さえ知らない秘密を明かされたなんてと、コーデリアは胃が重くなるのを感じた。

（……乳母の方はわかるけど、他《ほか》にも肉親以外で、秘密を知っている方はいるのかしら……？）

少し気になるが、聞けば藪蛇《やぶへび》になるかもしれなかった。

誰かいるのだろうかと、あてどなく考えていたところ――

「……っ、そこにいるのは誰だっ⁉」

近くの木立がゆれ、レオンハルトの言った通り、従者が姿を現した。

コーデリアたちを見つけたレオンハルトの従者は、とても驚いた顔をしている。

驚愕《きょうがく》はすぐ様ソツのない笑みにとってかわったが、こちらに向けられる視線が痛かった。

（まぁ、当然よね）

自分たちの主《あるじ》である王子が、ボロボロのドレスの令嬢を森から連れて帰ってきたのだ。

声に出して詰問されないだけ、城での従者教育が行き届いていると言えた。

従者たちに自己紹介を済ませた後、彼らに先導され、森の外れの馬車へと連れられていく。

馬車は二頭立てのしっかりとした造りだが、王家の紋章は掲げられていなかった。お忍び用の移動手段のようだ。

馬車に揺られることしばし。

足元に感じる振動が規則的になり、石畳の道に入ったのがわかった。更に進むと、やがて車輪の速度が落ち停車する。馬車を降りると、裕福な商人の住む屋敷のような建物がある。

王都の東地区にある、レオンハルトの所有の屋敷らしかった。

「コーデリア、替えのドレスが用意できるまで、用意した部屋で待っていてもらえるかい？」

「そこまでしていただくわけにはいきません。私の屋敷に使いを出し、着替えを持ってきて――」

「悪いがそれは無理だ。ここは俺の隠れ家のような屋敷で、場所を知られたくない。君自身のことは信頼しているんだが……」

「……わかりました。お手を煩《わずら》わせてしまい申し訳ありません」

コーデリアは引き下がらざるを得なかった。

自邸に使いを出した場合、おそらく父には知られることになる。最悪、妹のプリシラにまで知られた場合、どうなるかわかったものでは無いからだ。

「気にしないでいいよ。とっておきのドレスを用意するから、寛《くつろ》いで楽しみにしていてくれ」

爽《さわ》やかに言い切ると、レオンハルトは屋敷の奥へと消えていった。

屋敷の従者の先導に従い、客室へと足を向けるコーデリア。

従者が一礼して去り一人になると、どっと疲れが押し寄せてくるのを感じた。

（大変なことになったわね……）

深く長椅子《いす》へと腰かける。

レオンハルトに助けられたのは感謝しているけれど。

その後に、王家がらみの彼の秘密を知らされ、押し切られた形とはいえ、男性の屋敷に一人でお邪魔したあげく、ドレスまで用意してもらっている。

（私これ、どんどん深みにはまっていってない？）

笑えない状況だ。

レオンハルトからの求婚を受ける気はないのに、この流れは非常にまずかった。

（……この屋敷から帰してもらえない、なんてことはないわよね？）

思い浮かんだ怖れを、馬鹿《ばか》な考えと一蹴《いっしゅう》することはできなかった。

『またたびである君を、手放す気は無い』

言葉だけ聞くとふざけた宣言だが、レオンハルトの瞳《め》は本気だった。

手首を捕らえた腕、熱を宿した言葉、肉食獣の瞳《ひとみ》は美しく。

手放す気が無いという宣言を、王子である彼なら、強行することもできるのだ。

なんだかんだと理由をつけ、自分が求婚を受け入れるまで、この屋敷に軟禁するのも可能だ。

そして自分が帰らなかったところで、あの父母や妹が王子を敵に回してまで助けてくれるとは、コーデリアにはとても思えないのだった。

(私の考えすぎ、心配しすぎならばいいのだけど……)

彼の自分への執着は相当なものに見える。

先ほどの『とっておきのドレスを用意する』発言も、いったいどんな豪華絢爛《ごうかけんらん》なドレスを持ってこられるのかと恐ろしい。

戦々恐々《せんせんきょうきょう》としたまま、コーデリアが長椅子で体を休めていたところ。

「コーデリア様、失礼いたします。殿下からのドレスをお持ちしました」

◇◇◇◇◇◇◇◇◇◇◇◇◇◇◇◇◇◇◇◇◇◇◇◇

「素敵だ、コーデリア。やはりその色が、君の美しさを一層引き立ててくれたようだね」

歯の浮くようなセリフを、さらりと口にするレオンハルト。

用意されたドレスは藍《あい》色を基調とした、上品かつ華やかなデザインのものだった。鮮やかな藍色の布地と、デコルテの白い肌が互いに引き立てあっている。金糸による刺繍《ししゅう》の施されたドレスは、ラピスラズリのように美しく、コーデリアの青の瞳とよくなじんでいた。首元のリボンと袖口《そでぐち》のレースが、コーデリアの好みに合う仕立てのドレスだったのだが——

(思ったより普通でよかったわ……)

使われている素材は、いつも自分が着ているドレスより少しだけランクが上、といった程度だ。

内心ほっと胸を撫《な》で下ろしていたところ。

「どうしたんだい、コーデリア？　まさか気に入らなかったのかい？」

レオンハルトは目ざとかった。

「そんなことはありません。素敵なドレスを用意していただき、大変感謝しています」

「よかった。君にはこういうドレスが、似合うと思っていたからね」

上機嫌な猫のように、レオンハルトの瞳が細められた。

「舞踏会の時も今日も、君は淡い色合いのドレスを着ていただろう？」

「……お見苦しかったでしょうか？」

コーデリアが今まで着ていたドレスは、祖母やプリシラのお古がほとんどだ。

お古なりに、みすぼらしく見えないよう努力していたつもりだけど。ただそこにいるだけで美しいプリシラと比べれば、無駄な努力だったかもしれない。

今だって、鮮やかな金の髪を持ち、男性らしくも麗しい容姿のレオンハルトの前にいると、ありふれた茶色の髪と顔立ちの自分に引け目を感じてしまうくらいだ。

居心地の悪さを感じていると、レオンハルトが柔らかく笑った。

「違うよ、コーデリア。何を着ても君は魅力的だけど、より美しさが引き立つのは、藍色や臙脂《えんじ》といった、深い色のドレスだと思ったからだよ」

俺の目に狂いはなかったようだなと、レオンハルトが満足げにしていた。その笑みがあんまりにも嬉《うれ》しそうだったから、つられてコーデリアも微笑《ほほえ》んでしまっていた。

（私に似合う色、か……）

コーデリアだって年頃《としごろ》の女性として、人並みにドレスに興味は持っている。

だが現実問題、伯爵家にはお金が無かった。湯水のごとく浪費を繰り返すプリシラのせいで、コーデリアの衣装代は雀《すずめ》の涙ほどしか残らないのだ。

妹のお下がりじゃピンクや水色といった淡い色合いが多く、祖母のお下がりは、若いコーデリアには地味すぎる色合いが大半だ。今着ているドレスは、コーデリアの瞳に合わせた藍色で、袖口のレースなどに流行が取り入れられており、揺れるリボンが愛らしかった。

「殿下、ありがとうございます……」

社交辞令《しゃこうじれい》ではない、ささやかだが心からの感謝だった。

微笑むコーデリアに、レオンハルトが囁《ささや》きを落とす。

「そんな顔をされると、このまま閉じ込めたくなってしまうな」

びくり、と。コーデリアの笑みが強張《こわば》った。

「冗談だよ。そんなに怯えないでくれ」

「殿下のご冗談は心臓に悪いです」

「心臓にって……。君は俺のことをなんだと思ってるんだい？」

人をまたたび扱いして執着する変わり者の王子。

といった本音を漏らすわけにもいかず、コーデリアは無言で視線をそらした。

「ははっ、君は意外とわかりやすいな。それだけ打ち解けてくれたということかな？」

「……そうでしょうか？」

答えつつも、コーデリアは彼の言葉を認めざるを得なかった。

まっすぐに感情をぶつけてくるレオンハルトに釣られ、感情を表に出してしまっている自覚はある。

彼は強引に見え、人の表情をよく観察しているから、下手《へた》な嘘《うそ》をついても無駄だというのもあった。

「そうだったら嬉しいよ。俺の方も君の考えていることが、少しは理解できるようになってきたところだからな」

「どういうことでしょうか？」

「今君はドレスを受け取った時、内心ほっとしていただろう？」

「……気づかれていましたか。表情には出していなかったつもりなのですが……。もしかして、獅子の姿に由来する感覚で、何か私の変化でも察知できたのですか？」

「俺の特殊感覚は、そこまで便利なものではないよ」

そういうものなのだろうか？

レオンハルトに嘘の気配は感じられないが、持っている感覚が異なっている以上、全面的に彼の言葉を信じ、理解することは難しいようだった。

「ただの当て推量だよ。君は金銭感覚がしっかりしているし、今のところ俺の求婚を受け入れる気もないだろう？　そんな状態で、うっかり高価なドレスを着せられたらどうしようと、内心悩んでいたはずだ」

「……すみませんが、その通りです。殿下が『とっておきのドレスを』とおっしゃっていたので、どんな豪華なドレスが来るのかと……」

「『とっておき』なのは確かだぞ？　君に似合う色の布地を潤沢に使い、デザインにもこだわりつつ動きやすく、それでいて高価になりすぎないように、というオーダーで試行錯誤《しこうさくご》した一品だからな」

……やはりこのドレスは、コーデリアのために仕立て上げられた一品らしい。

なんとなく予想していたとはいえ、明言されると重かった。

「私のためを思っていただきありがたいのですが……。殿下が私と出会って、まだ数日のはずです。なのにもうドレスが仕上がっているとは、職人にかなり無茶を聞いてもらったのではありませんか？」

「……そこは君が気にするところではないよ。言っただろう？　これは『とっておきのドレス』だ。このドレスなら、君だって受け取ってくれるだろう？」

「殿下、お気持ちはありがたいのですが――」

「これは俺の獅子の姿を知った君への、口止め料でもあるんだ。受け取ってくれるよな？」

自信たっぷりのレオンハルトに、

「……ありがたく頂戴《ちょうだい》させていただきます」

コーデリアも、頷かざるを得なくなった。

(確かにこれは『とっておき』ね)

ドレスだけでなく、渡し方やタイミングも含めてだ。

もしドレスが、コーデリアの予想していたように高価なものであったら、口止め料と言われたところで、釣り合わないと断固として拒否していたはずだ。

だが、デザインはしゃれているが値段自体は常識的とあっては、断る理由としていささか弱い。

加えて何より、今までコーデリアが着ていたドレスはボロボロだ。あのドレスのまま外に出るわけにもいかない以上、レオンハルトの厚意を拒絶することもできないのだった。

「ありがとうございます、殿下。殿下の獅子のお姿は決して口外しませんので、ご安心くださいませ」

「君のことだから、その辺は大丈夫だと思っているよ。もし、俺の獅子の姿が知れ渡ったらどうなるか、君なら十分理解しているだろう？」

「……次期王位に、波風が立ちますね」

ライオルベルンの王太子は、レオンハルトの異母兄であるザイードだ。

……そんな状況で、もしレオンハルトこそが王家の祖である獅子の力を宿していると公表したら？

「俺は王になるつもりはないが、兄上や周りの貴族たちは、そうは思ってくれていないようだからな」

「殿下は、王位に興味は無いのですか？」

「冷たい玉座より、君の方がよっぽど俺には魅力的だよ」

「……はぐらかさないでくださいませ」

不敬を覚悟で、コーデリアは踏み込み言い切った。

王位について問いかけをする権利が、たかが伯爵令嬢でしかない自分に無いのは理解している。

だがそれでも、多くの領民を抱える貴族の端くれとして、問いかけずにはいられないのだった。

「レオンハルト殿下はザイード殿下が、本当に王位に相応《ふさわ》しいと信じていらっしゃるのですか？」

「……兄上は王太子として、十年以上大過なく務めている実績がある」

「王太子としては、でしょう？　不敬を承知で申し上げますが……一国を背負う王として立つだけの器が、ザイード殿下にあると思われますか？」

とてもそうは思えないと、コーデリアは確信していた。

確かにザイードは、決まりきった手順を踏襲し、政治を行うことには向いているのかもしれない。

だが彼は高慢で慢心し、感情的になる傾向があると、先ほどの短い邂逅《かいこう》でも思い知らされている。

ザイードが王冠を戴《いただ》いたらどうなるのだろうという不安が、コーデリアから消えなかった。

そんなコーデリアの問いかけに、レオンハルトは困ったように笑っている。

「人は得た地位に応じて、自らの器を育てるものだろう？　兄上に王としての資質があるのか、今の俺が断言することはできないよ」

彼らしくない、歯切れの悪い回答だ。異母兄に対する明確な答えを避けるレオンハルトに、ふとコーデリアの脳裏に浮かんだ考えがあった。

(もしかしてレオンハルト殿下は、ザイード殿下のことを嫌ってはいないということ……?)

二人は母妃の違う王子の常として、仲が悪いと噂《うわさ》されている。そして実際、先ほどザイードと対峙《たいじ》していたレオンハルトに、親しげな様子は見られなかったのだが、

「見当違いでしたら申し訳ありませんが……。殿下はザイード殿下のことを、慕っていらっしゃるのですか?」

「……兄上には恩があるんだ」

レオンハルトの視線が、遠く過去を見るように彷徨《さまよ》った。

「俺は小さい頃、とても体が弱くてね。先祖返りで獅子の力が強く出た副作用というやつらしいが……十歳になるくらいまで、一年の半分以上を寝台の上で過ごしていたんだ」

「昔の殿下は病弱だったと伺ったことがありますが、そういうご事情だったのですね」

今のしなやかな立ち姿の彼からは信じられないが、幼い頃の彼が虚弱であったのは、この国の貴族なら皆知っていることだ。

そしてレオンハルトが病弱だったからこそ、彼の母妃の血統が申し分無いものであったにも関わらず、大々的な王位争いも無く異母兄のザイードが王太子として選定された過去があった。

「……父上も母上も、俺が聖獣の獅子の力を宿していると知った時は喜んだそうだ。……だからこそ、

俺がその力ゆえに虚弱だと判明した時に、二人はとても落胆したと聞いている。こんなにも体が弱くては、王族としての務めも満足に果たせないだろうと、判断を下したということだ」

やるせない話だ。生まれながらに獅子の力を宿したのも、その結果虚弱であったのも、何一つレオンハルト自身に責任は無いはずだ。

「そんな悲しそうな顔をしないでくれ、コーデリア。むしろ父上たちは俺の体を案じ、王族ではなく一人の人間として幸福になれるよう、無駄な重圧をかけないようにしてくれていたのだと思うよ」

それは感謝しているが、と。

レオンハルトの瞳に陰りが落ちるのが見えた。

「俺は寂しかったんだ。父上も母上も公務が忙しかった。月に一度顔を合わせられればいい方で、残りの時間は全《すべ》て、寝室で過ごすしか無かったんだ。虚弱とはいえ王子である以上、下手に外を出歩いて倒れたり、暗殺者に狙《ねら》われでもしたら、大変なことになってしまうだろう？」

「……そんな寝室に置き去りの殿下に構ってくれたのが、ザイード殿下だったということですか？」

「あぁ、そうだ。兄上は王太子としての教育に忙しく、なかなか心を許せる相手もいなかったらしくてな。……俺の元に来ては、息抜きのように遊び相手になってくれていたんだ」

「……そうだったのですね」

まさかあのザイードに、そんな家族思いの一面があったとは驚きだ。

「今俺が、王子としてそれなりに認められているのも、元を辿《たど》れば王太子としての誇りを持っていた兄上に憧《あこが》れ、必死に努力したからでもある。……兄上とは今でこそ疎遠になってしまったが、幼い頃の俺にとって、兄は唯一触れ合える肉親と言ってもいい存在だったんだ」

切なそうな表情で、レオンハルトが唇を噤《つぐ》んだ。

（……恩人、か。私には、当時の殿下が『虚弱』だったからこそ、ザイード殿下と上手《うま》くいっていたとしか思えないのだけど……）

ザイードは自らに歯向かってくる者、自分の手を取らない人間に対してはとことん冷酷な性質《たち》に見えた。幼い頃のレオンハルトは体が弱く、肉体的にも政治的にもザイードの脅威とはなりえなかったからこそ、ザイードとも良い関係を築けていたのではないだろうか？

（けれどこの推察は、他人である私だからこそのもので、レオンハルト殿下のお心は違うのでしょうね）

当時のレオンハルトにとって、寝たきりの毎日に現われた異母兄ザイードはとてもまばゆい存在だったのだろう。

……それこそ、今の冷え切った兄弟関係であっても、異母兄への期待と思いが消えないほど、レオンハルトの心に根を張っているのだ。

（幼い頃に病弱だと、その後の人生も色々と変わってしまうのでしょうね……）

コーデリアにとっても、全くの他人事《ひとごと》とは言えない話だ。

妹のプリシラが自分勝手でわがままな性格に育った原因の一つは、妹が病弱だったせいでもある。

いつも発熱し咳《せ》き込んでいたプリシラに両親はつきっきりになり、甘やかすことになったのだ。

（もっとも、健康に恵まれていなかったのは同じとしても、殿下とプリシラを並べるのは失礼よね）

レオンハルトは、かつての虚弱さを感じさせないほど、堂々とした振る舞いが板についている。文武に渡る知識や技術を、その身に修めてきたのだ。王子でありながら他人への気配りを忘れない性格もおそらく、弱さや不自由を知っている身だからこそのものだろう。

対してプリシラは甘やかされたままやりたい放題で、他人への共感力が欠片《かけら》も無い性格に育ってしまっていた。

「……殿下の過去について不躾《ぶしつけ》に踏み込んでしまい、申し訳ありませんでした」

「いや、謝らないでくれ。元はと言えば俺が、はっきりしないのが悪かったからな」

だが、と。

レオンハルトの瞳が鋭さを帯び輝いた。

「もしこの先、また兄上が君に悪意を向けることがあったら、すぐに俺を呼んでくれ。いくら兄上でも、許せないことはあるからな」

「……わかりました」

ザイードについて、全てが納得できたわけではない。

だが他人の、しかも王家の兄弟事情に対して、これ以上コーデリアに首を突っ込む資格は無かった。

「殿下のお心遣い、感謝いたしますね」

「俺の方こそ、昔話に付き合ってもらえてありがたいよ。……ところで話は戻るが、俺の獅子の姿の問題は、兄上との関係だけでは無いんだ」

湿り気のある空気を入れ替えるように、レオンハルトはやや強引に話題を転換した。

「と言うとやはり、獣人への差別問題でしょうか？　獣人に対する差別感情は、今も根強く残っていますものね」

獣人とは体の一部に、獣耳や尻尾《しっぽ》、羽といった獣の相を持つ人種のことだ。大陸を見渡せば、国民の多くを獣人が占める国はあるが、この国ではほとんど見かけない。元々獣人とは住んでいる土地が違うのも大きいが、一番の問題は多くの国民が獣人を『獣まじり』と見下しているからだ。

（王家の祖である獅子は聖獣として崇《あが》める一方、獣人のことを一方的に貶《おとし》めるなんて、おかしいんじゃとは思うけど……）

だが実際問題、差別感情と言うのは一朝一夕《いっちょういっせき》でどうにかなるものでは無いのは確かだ。

自国の王家の獅子は聖なるものだが、他国の獣人は汚らわしいもの。そんな自国に甘く、他国に厳しい見方が自然と成立するのは、ある意味とても人間らしいのかもしれなかった。

「獣人に対する差別感情は俺も色々と思うところがあるが……。今、王家の人間である俺が獅子の姿に変じられると公に知られると、めんどうごとが多いのは確かだな」

「……よほどの緊急事態にならない限り、この先も殿下が獅子に変化できると、公表なさるつもりはないのですね？」

「あぁ、そうだ。兄上との関係に、獣人に対する諸々《もろもろ》。無駄な諍《いさか》いを起こし国を割るのは、王族の一員として許されることではないからな」

「わかりました。私もしっかりと、口を噤ませてもらいますね」

秘密を抱えて生きること。

しかも王子という身分にあっては、とても大変で覚悟のいることだ。

レオンハルト自身が秘密を守り通すと決めている以上、コーデリアは口を噤むのみだった。

「助かるよ。一応俺以外にも、代を遡《さかのぼ》れば獅子の姿に変じられる人間はいたようだが、皆生涯《しょうがい》その秘密を守っていたようだからな」

「同じような境遇の方がおられたのですね。……この国にはたびたび、聖獣である獅子が姿を現し、国民を助けたという伝説がありますが……」

「おそらく、俺と同じように獅子に変じた王家の人間のことだろうな。王家の人間が獅子に変化できると知られるのはまずいが、国民を守るために『どこからともなく』現れた獅子が人助けをするのは問題無い、ということさ」

「なるほど、そういうことだったのですね」

伝説の正体を知り、コーデリアは深く頷いた。これでレオンハルトの獅子化に関連することについて、おおよその疑問は解決することができたのだ。

聞くべきことは聞いたし、あとはいかにしてこの屋敷を去るかだ。

どう言い出そうか迷っていたところ――

「コーデリア、そろそろ君の家の人間も心配しているはずだ。名残《なごり》惜しいが、帰りの準備をしてもらった方がいいな」

レオンハルトの方から、帰り支度を告げられたのだった。

「君と別れるのは辛《つら》いが……。これ以上一緒にいたら、どんどん家に帰したくなくなってしまうからな」

「殿下……」

レオンハルトの手が、コーデリアの指をそっと握った。

「……君が今、俺の求婚を受け入れる気が無いのはわかっている。君は思慮深いし、婚約破棄をされたばかりで、今はまだ恋も結婚もごめんだと思っているはずだ」

「……お待ちいただいたところで、私の答えは変わらないと思います」

「変えてみせるさ。何年だって待ってみせる。俺が欲しいのは君の心だからね」

だからこそ、君を無理やり閉じ込めることはしないよ、と。

そうレオンハルトは、熱の燻《くすぶ》った瞳で微笑んだのだった。

「とりあえず四日後、君の屋敷に手袋を届けに行くつもりだ。その時に、君の好きなことや趣味の話について、色々と聞かせてもらえると嬉しいな」

「……精一杯おもてなしさせていただきますね」

一礼をし、コーデリアは静かに立ち上がった。

ドレスの裾を整え、部屋の外へと出ようと思っていたところ、

「コーデリア、すまないが最後に一つ、頼みごとを聞いてもらっていいかい？」

にこやかに笑うレオンハルトから、『頼みごと』を持ちかけられたのだった。

◇◇◇◇◇◇◇◇◇◇◇◇◇◇◇◇◇◇◇

「ありがとうございます。ここで停《と》めてもらって大丈夫です」

コーデリアの呼びかけに、馬車の振動が弱まった。

レオンハルトの別邸から少し歩いたところで拾った辻《つじ》馬車を、自宅へと走らせていたところだ。

御者へと後払い分の代金を払い、地面へと降り立つ。予定外の時刻の帰宅のため、あまり目立たないよう、自宅の少し前の道路で馬車を降りたのだが――

「コーデリア様っ!! 来ちゃ駄目です!!」

真っ青な顔をした令嬢――パメラが、転げるように駆け寄ってくる。

「パメラ？ そんな慌ててどうしたの？」

「話は後です!! とにかく早く、ここから離れて――っ」

早口でまくし立てるパメラだったが、

「ごきげんよう」

背後から聞こえた声に、背筋を硬直させ震えだしたのだった。

くるりと巻かれた金の髪に、勝気に吊《つ》り上がった瞳。取り巻きを連れたカトリシアだ。

「パメラ、何をしようとしたのかしら？ 抜け駆けは許さなくてよ？」

「っ、わ、私は、こんなこと駄目だと思って、だからコーデリア様に知らせようとしてっ!!」

「お黙りなさい。今私は、あなたに話しかけていないわ」

理不尽な言葉でパメラを黙らせたカトリシアが、コーデリアを見やった。

「随分待たせたわね、コーデリア。あの森からどう帰ってきたのか、聞かせてもらえるかしら？」

「カトリシア様に話すようなことは何も。一人で森を踏破して帰ってきたまでです」

「供の一人も連れず森歩き？　野蛮《やばん》ねぇ」

「悪人より野蛮人の方が、まだ上等だと思います」

ぴしゃりと言い捨てると、カトリシアの眉《まゆ》が歪《ゆが》んだ。

「あら、どういうこと？　私が悪人だとでも言うのかしら？」

「さぁ？　何か心当たりでもあるのですか？」

「……不愉快ね」

カトリシアが取り巻きたちに視線をやると、彼女らがコーデリアの周りを囲むように散開した。

「コーデリア、あなたとは色々とお話しなきゃいけないことがあるみたいね？」

「奇遇ですね。私も同じ考えです」

「あら良かった。それじゃぁ、あなたのみすぼらしいお家の庭先で、お話させてもらえるかしら？」

「っ駄目ですコーデリア様っ‼　行っちゃ駄目です‼」

震えながらも、パメラが必死にコーデリアを押し留《とど》めた。

「ありがとうパメラ。私なら大丈夫よ」

「でもっ……‼」

「心配しないで。こんな大通りで大人数で固まっていたら迷惑でしょう？」

「コーデリア様……」

「巻き込まれないうちに、あなたは家に帰りなさい」

やんわりとパメラの体を離し、カトリシアたちの元へと向かった。

まるで囚人のように前後を取り巻きたちに囲まれながら、慣れた自宅の門を潜《くぐ》る。

カトリシアには『みすぼらしい家の庭先』と言われたが、それは王宮や公爵邸と比べてのことだ。

平民の家が数軒は丸ごと入る庭園で、カトリシアがこちらを睨《にら》みつけてくる。視線は険しく、もはや敵意を隠す気も無いようだ。屋敷の周りには鉄製の柵《さく》と植樹が張り巡らされていて、外からの視線が遮られているからに違いない。

「コーデリア、私が何を言いたいか、わかっているわよね？」

「何のことです？　先ほどボートに小細工をして、私を溺れさせようとしたことですか？」

「突然何を言うのかしら？　勝手に人を犯罪者にしないでもらえる？」

「認めないのですか？」

「仮に事故ではなく事件だったとして、どうして私を疑うのかしら？　一番怪しいのはあなたと一緒の船に乗っていた、パメラの方ではないかしら？」

やはりカトリシアは、パメラに全ての罪を擦《なす》り付けるつもりだ。

手下を利用するだけ利用して、庇《かば》おうともしない態度に、コーデリアは憤《いきどお》りを覚えた。

「パメラ一人に全て押し付けるつもりですか？　彼女はいつだって、あなたの顔色を窺《うかが》い指示に従っていましたよ？」

「彼女の身分を考えれば、私に従うのは当然でしょう？」

「だからこそあなたは、彼女に私を溺れさせろと命令したのではありませんか？」

「だとしたらどうしたの？　あなたのことが目障りだと言った私の言葉を、鵜呑《うの》みにしたパメラが勝手に実行しただけではなくて？」

「……つまりカトリシア様は配下の令嬢一人御すことのできない、その程度の方ということですね」

「……なんですって……？」

カトリシアの瞳が、剣呑《けんのん》な光を孕《はら》み細められる。

「聞こえませんでしたか？　カトリシア様は人心掌握《しょうあく》すらできない、情けない方だと言ったのです」

「……あなた、誰に口を聞いているか理解しているのかしら？」

「目の前にいる、愚かで物知らずなご令嬢に対してですが？」

「……っ、減らず口をっ……!!」

ぎり、と歯を食いしばり、カトリシアが激情に顔を歪めていた。

「なんなのよあなたはっ!?　森に置き去りにして泣かせようとしたのに!!　泣きもせず帰ってきたあげく、私にたてついて何がしたいのよっ!?」

「別に私は、今回のことを公にするつもりはありません。ただこれ以上、こちらに手出しをしないよう、釘《くぎ》を刺しに来ただけです」

「この私に釘を刺すっ!?　ずいぶんと偉そうに何様よっ!!」

カトリシアが顔に青すじを立て叫んだ。

「釘を刺すのはこちらよっ!!　公爵令嬢たる私を馬鹿にしたらどうなるか、その身で味わわせてあげるわ!!」

ひと際かん高い声で言い放つと、カトリシアが瞳を閉じ、呪文《じゅもん》を唱え始めた。

漏れ出した魔力が、金の縦ロールを揺らし立ち上っていく。

カトリシアがこうも高飛車でわがままな理由。

その一つが、彼女がこの国の人間には珍しい、高位の魔力持ちであることだ。魔術師として本格的に修行したことは無く、初歩的な魔力制御と呪文の詠唱しかできないらしいが、生まれ持った魔力が強大だ。修行不足の身でも、いくつかの魔術が操れると聞いていた。

「口で勝てないから、実力行使と言うことかしら？」

一心に呪文を唱えるカトリシアを、コーデリアは冷《さ》めた目で見つめた。

どうやら魔術の対象は、こちらで間違いないようだ。その証拠に、取り巻きたちが詠唱中のカトリシアを庇いつつ、コーデリアが逃げ出さないよう囲っていた。

私有地で人目がないのをいいことに、コーデリアに魔術をぶつけようということだ。

詠唱を続けるカトリシアの顔が、得意げに歪むのが見えた。

その指先に火球が生まれ、徐々に大きくなっていき――

「そこまでだ!!　お前たち、一体何をするつもりだ!?」

凛《りん》とした誰何《すいか》の声が、庭先に響き渡った。

力ある声が場を支配し、カトリシアの顔に動揺と驚愕が走る。

「で、殿下っ……!?」

集中を失ったカトリシアの指先で、火球が煙となって消え失《う》せる。

「なぜレオンハルト殿下がここにっ!?　あなたたち、ちゃんと見張っていたのっ!?」

カトリシアの怒声を受け、取り巻き達がいっせいに顔を見合わせる。

庭と道路を繋《つな》ぐ門の近くにも取り巻きはいたようだが、彼女もまた顔を青くし縮こまっていた。

どういうことかと、カトリシアが庭をすみずみまで見回す。庭には何本かの木が植えられ、花が美しく整えられているが、人が隠れられるほどの場所はなかった。

（……でも子猫一匹くらいなら、じゅうぶん隠れられるのよね）

狼狽《ろうばい》し髪を振り乱すカトリシアを前に、コーデリアはレオンハルトからの『頼みごと』を思い出していた。

◇◇◇◇◇◇◇◇◇◇◇◇◇◇◇◇

「私の屋敷まで、帰り道を見守らせて欲しい？」

レオンハルトの申し出に、コーデリアは初め拒否を示した。

「ご心配いただきありがたいのですが……。さすがに屋敷までつきそってもらうのは申し訳無いです」

「だが、森から姿を消した君を追って、カトリシアが屋敷で待ち構えているかもしれないだろう？」

「その可能性はありますが、カトリシア様くらい、私一人でも大丈夫なはずです」

「だが、鬱陶《うっとう》しいことには変わりないはずだ」

「それは……」

コーデリアは口ごもった。カトリシアにしてやられるつもりは無いけど、面倒なのが本音だ。

「君だけじゃない。俺も、そろそろ彼女たちには我慢の限界だ」

笑いながら怒るという、器用なことをやってのけながら、レオンハルトは口を開いた。

「カトリシアのような人間は、君がいくら正論で反論しても引き下がらないはずだ。それに、保身に知恵の回る彼女は、俺のいる場では尻尾を隠すはずだろう？　だから隠れて君を見守りつつ、決定的な現場を押さえたいんだ」

「……隠れてと言っても、殿下はとても目立つのでは？」

「心配ない。この姿を見てくれ」

レオンハルトの体が光り、入れ違いに小さな影が現れた。

「みゃあ」

「……子猫？」

それにしては足が太く、耳先が丸い気がした。短い足を動かし、とてとてと歩き回っている。

丸っこい獣はコーデリアの周囲を一回りすると、正面でレオンハルトの姿へと変わった。

「今のお姿は……？」

「獅子の子の姿だ。俺が小さい頃は変化すると、いつもあの子猫のような姿だった。今でもその気になれば、獅子に変じた時の体の大きさを調節できるからな」

「殿下、わりあい何でもありなのですね……」

人が獅子になり、炎を操り、更には仔獅子《こ》へと変化するとは、さすがは聖獣の先祖返りということだろうか？

「外見が獅子であろうと、ただの獅子ではなく精霊だからな。こうして剣を出すこともできるぞ？」

レオンハルトの右手から光が生まれた。光は炎となって渦巻き、一振りの剣となり弾《はじ》け飛ぶ。曇《くも》りの無い刀身で、柄《つか》に彫刻が施され宝玉がはめ込まれた、美しい拵《こしら》えの長剣だ。

レオンハルトから剣を手渡され、コーデリアは恐る恐る柄を握り込む。見た目は長剣なのに、片手で持てそうなくらい軽いのが不思議だ。

「殿下、もしかしてこの剣は建国伝説に登場している……」

「聖剣だな。城に置かれているのはレプリカ。こっちが正真正銘の本物だ」

「国宝中の国宝じゃないですかっ!!」

いきなり何を手渡すのだと、コーデリアは思わず叫んだ。

うっかり取り落とさないよう、両手で強く柄を握った。

「なぜ聖剣が、殿下の手から出てきたんです？」

「俺も詳しいことは知らないが、聖獣の先祖返りは代々、聖剣を顕現させることができたそうだ。どうも聖獣である初代国王がこの世を去った際、一緒に聖剣も姿を消し、血脈の中に宿っていたようだ」

「……つまり、王宮に安置されている聖剣は、聖剣の消失を隠すための偽物だと？」

「そういうことだろうな」

頷くレオンハルトに、コーデリアは額を押さえた。

またしても、知りたくなかった王家の秘密を知ってしまったようだった。

「話がそれたが、俺は仔獅子の姿で家々の屋根を伝い、君が屋敷に辿り着くまで見守らせてもらうつもりだ。何も無ければそれが一番なんだが……」

「もしカトリシア様たちが待ち構えていたら、挑発してボロを出させれば良いのですね？」

レオンハルトは静かに頷いた。

――カトリシアには今まで、散々迷惑をかけられてきたのだ。

これ以上邪魔をされないよう、行動に出る時だった。

◇◇◇◇◇◇◇◇◇◇◇◇◇◇◇◇◇◇◇◇

「なぜ殿下がここにっ⁉　あなたたち、ちゃんと見張っていたのっ⁉」

レオンハルトの登場に、カトリシアが狼狽し左右を見回した。

彼女が取り乱すのも仕方ないことかもしれない。

レオンハルトは仔獅子の姿で庭へと侵入し、ずっと息を潜めていた。人の姿に戻ったのは、カトリシアが魔術を行使し、周囲の視線が集まった隙《すき》にだ。

今ここで、カトリシアが言い逃《のが》れのできないタイミングで姿を現したのも、全ては計算通りだった。

「見張らせていた？　つまり君はやはり、自分が悪事を働いているという自覚はあるんだな？」

静かだが鋭い声に、カトリシアの背が硬直した。

動揺、混乱、屈辱、怒り、打算。

めまぐるしく表情が入れ替わり、最後に媚《こび》を売るように歪《いびつ》な笑顔へと切り替わる。

「……女同士のおしゃべりには秘密がつきものです。人に聞かれたくない話だってありますわ」

「女性同士の会話であれば、見張りを立てるのも当然だと？」

「えぇそうです!!　殿方である殿下はご存じないかもしれませんが――――」

「――――ふざけるな」

「ひっ!?」

レオンハルトの瞳に射られ、カトリシアが小さく悲鳴を漏らした。

「女性同士ならば相手に火球を向けることも、当たり前のことだと言うつもりか？」

「っ、あれはっ……!!」

酸欠の魚のように、カトリシアの喉《のど》が喘《あえ》いだ。

「……っ!!　そうです!!　あれは冗談っ!!　本当に火球を撃つつもりはありませんでしたわ!!」

「ほう？　ただの戯れだと言うつもりか？」

「常識的に考えてくださいませっ!!　人に火球を撃つなんてありえないでしょう!?」

「……君に常識を説かれるとはな」

皮肉気な笑みが、レオンハルトの唇に刻み込まれた。

ため息をつき笑う彼の姿に、カトリシアもぎこちない笑みを返したが――

「『公爵令嬢たる私を馬鹿にしたらどうなるか、その身で味わわせてあげるわ!!』」

カトリシアの背中が震え、再び硬直した。

「俺にはそう聞こえたんだが？」

「つ、なっ、どうしてそれをっ……？」

「庭の片隅で、全て聞かせてもらったよ」

「つっ……!!　盗み聞きなんて卑怯《ひきょう》ですわっ!!」

「その反応は、先ほどの発言は正しいと認めるということか」

「……あっ!!」

墓穴を掘ったことに気づき、カトリシアの顔が青ざめる。

「ち、違いますっ!!　あれはちょっとしたそのっ、言い間違えのようなものでしてっ!!」

「口が滑ったということか？」

「そ、そうですっ!!　私うっかり口が滑って――」

卑屈な笑みを浮かべ、レオンハルトに必死に弁明するカトリシアだったが、

「――舞踏会の時と同じ言い訳ですね」

コーデリアの指摘に、カトリシアがぎりりと朱唇《しゅしん》を噛《か》みしめた。

「あの日カトリシア様は『うっかり手を滑らせて』私にワインをかけようとしました。あの時も今日と同じで、最初からわざとだったんですね？」

「つうるさいうるさいうるさいっ‼」

コーデリアへと、カトリシアが憎悪と焦燥にまみれた瞳を向けた。

「私は今殿下とお話しているのっ‼　口を挟まないでくれるっ⁉」

「うっかりで殺されかけたんです。口出しする権利くらいあるでしょう？」

「黙りなさいっ‼　黙らないのならもう一度火球で――――ひっ⁉」

カトリシアが悲鳴を漏らした。

その喉元で、レオンハルトの白刃《はくじん》が輝いている。

「黙るのは君の方だ、カトリシア。コーデリアに危害を加える気なら、俺も容赦はしないぞ？」

「つ、あっ……」

眼前に刃《やいば》を突き付けられ、カトリシアが腰を抜かしへたり込んだ。

終わりだ。

コーデリアへ火球を撃とうとした現場を押さえられ、今また追加で、コーデリアを害そうとした発言を引き出されてしまったのだ。カトリシアは震えながら、立ち上がれず座り込んでいる。

両脇《わき》にいた取り巻きたちはカトリシアを支えるでもなく、遠ざかるよう身を引いていく。

「……っどこに行くのよあなたたちっ⁉　早く私を助けなさいよっ‼」

カトリシアがわめけばわめくほど、取り巻きたちは嫌悪の表情で距離を離していった。

取り巻きたちにカトリシアへの同情は欠片も無く、よそよそしく顔を背けるだけだ。

（……当然ね。だって彼女たちは、カトリシア様の友人なんかじゃないもの）

一人取り残されたカトリシアに若干の哀れみを覚えつつ、コーデリアは内心呟《つぶや》いた。

取り巻きたちはカトリシアの人柄ではなく、公爵令嬢という身分に従っていたに過ぎないのだ。

レオンハルトという、カトリシアより身分が上で正論を携えた相手が出てきた以上、カトリシアに従う人間は残っていなかった。

「――――コーデリア様っ!!　ご無事ですかっ⁉」

上ずった声と共に、パメラが門から飛び込んできた。背後から数人の、王都警備隊の制服を着た人間が庭へと入ってくる。パメラは一人逃げ出さず、助けを呼ぼうとしてくれたらしかった。

警備隊の男たちは最初不審げにしていたが、レオンハルトの姿に慌て、踵《かかと》を揃《そろ》え敬礼する。

「殿下っ⁉　殿下がなぜこのような場所にっ⁉」

「お仕事ご苦労様。ちょうどいいところに来てくれたな。一つ追加で仕事を頼んでも大丈夫かい？」

「はいっ!!　なんでしょうか？」

「罪人を運ぶのを手伝ってほしい。そこで座り込んでいる女性だ」

レオンハルトの言葉に、警備兵がカトリシアへと近寄っていく。

「……罪人……？」

両脇に迫る警備兵を跳ねのけ、カトリシアが勢いよく立ち上がった。

「ふざけないでっ!!　私がどんな罪を犯したというのっ!!」

「このっ!!　暴れるなっ!!」

「私は何も悪いことなんかしていないわ!!　コーデリアがっ、たかが伯爵家の女が歯向かってきたから、罰を与えてやっただけじゃないっ!!」

警備兵たちを跳ねのけながら、カトリシアが髪を振り乱し叫んだ。

「全部全部っ!!　悪いのはこの女よっ!!　この女が生意気で恥知らずだから、公爵令嬢である私がっ、貴族の義務として躾《しつ》けてあげるつもりで――」

「取り押さえろ。容赦する必要は無い」

「きゃあっ⁉」

レオンハルトの指示に、警備兵たちがカトリシアを地面へと引き倒した。

罪を認めず口汚くコーデリアを罵《のの》るカトリシアを、レオンハルトが静かに見下ろした。

「貴族の義務を果たしたのは、君ではなくコーデリアの方だろう？」

「何を言うのよっ⁉　いつこの女が――」

「一度目は舞踏会の時のことだ」

幼子に聞かせるように、レオンハルトが口を開いた。

「あの日、君に悪意を向けられたコーデリアは、しかし君を非難しなかったんだ。それは恐れや怯えではなく、公爵令嬢である君に公に恥をかかすことで、公爵家の、ひいてはこの国に無用な波風を立てないようにという判断だ」

「っ、知りませんわっ!!　そんなのは、その女が勝手にしたことで――」

「そして二度目。先ほど、君がコーデリアを溺れさせようとした時も、コーデリアは君を公に断罪する気は無かった。大局を考え、見逃すつもりだったんだ」

「じゃぁどうしてっ⁉　どうして今私を罪人扱いしていると言うのっ⁉」

「三度目はないということです」

コーデリアが口を開いた。

「一度目は不幸な偶然として、二度目はそちらにも事情があるのだろうと、私は我慢していました」

でも、と。コーデリアは言葉を続けた。

「三度目はありません。二度ならず三度までも、理不尽な理由で危害を加えてくる相手を見逃せるほど、私は寛容ではありません。それにあなたが公爵令嬢だからという理由で無罪放免としては、国民にも向ける顔がないでしょう？」

「どうして⁉　私は公爵令嬢よっ⁉　嫌よ嫌っ‼　やめなさい‼　今すぐその手をどけなさいっ‼」

カトリシアは、罪を受け入れようとはしなかった。わめくカトリシアが警備兵に抱えられ退場すると、庭先には静寂が戻ってきた。

庭の片隅では気まずそうに、カトリシアの取り巻きだった令嬢たちが硬まっている。彼女たちには、後日改めて事情を聴取すると伝え、解散させることにした。

こちらを心配そうに見ながら去るパメラに手を振ると、コーデリアは一つため息をつく。

これでカトリシアの暴走は止まり一安心なはずだが、まだ気がかりが他にある。

「君の家族は、結局誰も出てこなかったな」

コーデリアの思いを察したかのように、レオンハルトが呟きを落とした。

「自分の屋敷の庭先で、娘である君が騒動に巻き込まれていたのに知らぬふりか……」

「……下手に首を突っ込まれて、余計にこじれるよりは良かったと思います」

まごうことなきコーデリアの本音だったが、一抹の寂しさを感じないわけでは無かった。

（お父様もお母様も、私のことはどうでもいいんでしょうね……）

父と母にとって、娘はプリシラ一人だ。

コーデリアのことは、血が繋がった他人程度にしか認識していないはず。自分が厄介ごとに巻き込まれたところで、両親は見て見ぬふりをするだけだった。

屋敷の書斎のある部屋の窓を見ると、カーテンの端からのぞく、青色の瞳と目があった気がした。

プリシラと、そしてコーデリアと似た色の瞳の持ち主。すぐカーテンの陰に隠れ見えなくなってしまったが、おそらく父のはずだった。騒がしい庭に恐る恐る、様子をのぞいていたらしい。

「……今回の件については、私から両親に大まかな事情を説明しておきますね」

「頼む。もし君だけの説明で満足しないようだったら、今度俺が屋敷を訪ねた時に追加で説明するよ」

「よろしくお願いいたしします。……殿下はこれから、王宮に戻られますか？」

「あぁ、そうさせてもらうよ。カトリシアの処遇について、根回しする必要があるからな」

「……公爵領での十年ほどの謹慎、それに生涯にわたる私との接触禁止令といったところでしょうか？」

「そんなところになるだろうな。君からしたら、罰が軽すぎると感じるかもしれないが……」

「いえ、十分です。それくらいが妥当だと思います」

殺人未遂の罰に相応しいかは微妙だが、落としどころとしては予想通りだ。

カトリシアの父親であるアーバード公爵は、娘を溺愛《できあい》していることで有名だった。

あまり厳しい罰を与えると、アーバード公爵が反発し、今日の森での一件への、ザイードの関与を主張する可能性もあった。

もしそうなれば、事態は『第二王子のお気に入りの伯爵令嬢に公爵令嬢が嫌がらせをした』だけでは収まらず、『第二王子のお気に入りの伯爵令嬢を第一王子が害そうとした』という兄弟対立へと発展してしまうかもしれない。

レオンハルトにザイードと本格対立する意思がない以上、それは望ましい未来では無かった。

(それに十年の謹慎とはいえ、カトリシア様にとってはかなり重い罰よね……)

貴族令嬢は二十歳になるまでに結婚するのが通例だ。遅くとも二十代半ばまでには、身を固めるのが大半。今十八歳のカトリシアにとって、結婚適齢期を丸ごと棒に振ることになるのだ。当然、今いる婚約者も去るだろうし、十年後に謹慎が明けても、前科が消え去ることは無い。

自業自得《じごうじとく》とはいえ、貴族令嬢としてはなかなかに辛い罰なのであった。

5章　「家族にわがままを言ってみました」

「お姉様、私、そのドレスが欲しいわ」

その日、朝食の席で顔を合わすなり、プリシラが『お願い』をしてきた。

コーデリアが着ているのは、レオンハルトに贈られた藍《あい》色のドレスだ。

（……目ざといわね）

このドレスは、カトリシアとの一件があった日以来、袖《そで》を通していなかった。

今日は、レオンハルトが手袋とともに訪ねてくる日だ。せっかくだからと着てみた途端、プリシラが欲しがってくるとは、油断も隙《すき》も無かった。

「いきなりどうしたのよ、プリシラ。あなたが好きなのは、淡い色のドレスのはずでしょう？」

「素敵なドレスなら、私はなんだって好きですよ？　譲ってくれますよね？」

譲ることを決定事項のように語るプリシラに対して。

「嫌よ」

「え？」「な？」「えっ？」

コーデリアが断ると、三つの声が返ってきた。

一人目はプリシラ。そして二人目と三人目は、コーデリアの持ち物をねだるプリシラを、いさめるでもなく傍観していた両親だった。

三人とも、コーデリアの拒絶に驚き、まばたきを繰り返し硬まっている。

「……お姉様、なんでいじわるを言うのですか？」

「嫌なものは嫌だからよ」

言い切ると、コーデリアは優雅に紅茶のカップを傾けた。

(自分の意思を我慢せず口にするのは、こんなにもすっきりするものね)

清々《すがすが》しい思いで紅茶を味わっていると、プリシラが懲りずに食ってかかってきた。

「どうしてですか？　お姉様はドレスになんて、興味無いはずでしょう？」

「そうだぞコーデリア。おまえはしゃれっ気など無かったろう？　プリシラを困らすのはやめなさい」

妹と父から連続で非難されるが、コーデリアの心が動くことは無かった。

「私にだって、好みの服くらいあります。今まで好みを表に出さなかったのは、プリシラの衣装代が膨れ上がっているせいで、私の衣装代に回すだけの余剰が無かったからです」

「コーデリア、いきなりお金の話を持ち出すのははしたないわよ」

母に眉《まゆ》をひそめられる。

一見それらしいことを言っているが、プリシラに浪費を許した張本人の一人だ。

「私は、伯爵家の現状を告げただけです。家族の間なのですから、これくらいで目くじらを立てられても困ります」

「そうだとしても、言い方というものがあるでしょう？」

「では、言い方を変えますね。プリシラは既に、たくさんの豪華なドレスを所持しています。なのにどうしてこれ以上、私のドレスを欲しがるんですか？」

「私、今日のお姉様のドレスのような色のものは持ってませんよ？」

プリシラが頬《ほお》を膨らませた。

「お姉様、いつもは快く譲ってくれるのにおかしいです。そんなにそのドレスが大切なんですか？そのドレス、布地も仕立ても、お姉様が今まで着ていたドレスと、大して変わらない値段ですよね？どうして譲ってくれないんですか？」

「物の価値は、金銭だけでは決まらないものよ。何度も言うけど、嫌なものは嫌なのよ」

頑として譲らないコーデリアに、両親が顔を合わせた。

今までコーデリアは、プリシラに請われれば持ち物を譲ってきている。時に反発することもあったが、ここ数年は最終的にいつもコーデリアが折れていた。

玩具《おもちゃ》も、絵本も、宝石も、そして婚約者でさえも。

いつだって譲ってきたコーデリアが示した拒絶に、両親たちは理解が追い付かないようだった。

「……コーデリア、ププリシラを困らせるのはやめるんだ」

――私だって、リシアに困らされたくありません。

（なんて言っても、お父様は納得しないでしょうね）

コーデリアは諦《あきら》めの境地に達しつつ、最後のパンを呑《の》み込んだ。会話をしつつ、その合間に下品にならないよう食物を胃に収めるのは、密かなコーデリアの特技だった。

「ごちそう様でした。失礼しますね」

「コーデリア、まだ話は終わっていな――」

「私はこの後、いくつも用事があります。このドレスを譲っていただいた方に、正式にお礼状を出す手配も済んでいません」

「そんなことより、今はプリシラの話を――」

「お話の続きなら、明日お聞きします。今日は本当に時間が無いんです」

約束すると、さすがに両親も引き下がったようだった。食卓を去るコーデリアの背後から、必死にプリシラをなだめる声が聞こえる。両親たちの声が聞こえなくなると、コーデリアはほっと胸を撫《な》で下ろした。

(良かった。このドレスの出どころについて、疑われてはいないみたいね)

ドレスの本当の贈り主はレオンハルトだが、それを明かすと、芋《いも》づる式でレオンハルトが森にコーデリアを助けに来たことまで話さねばならなくなってしまう。それはマズイということで、あの日レオンハルトと顔を合わせたのは、自宅の庭先が初めてと、二人で口裏を合わせていた。

『森から一人で脱出したあと、知り合いの家でドレスを譲っていただき、自宅へと向かった。レオンハルトはコーデリアを訪ねて庭先にいたところ、偶然カトリシアたちの騒動に巻き込まれた』

ということになったのだ。

(……そんな筋書きを、あっさり信じてくれたのは良かったのだけど)

信じたとしたら通常、ドレスの譲り主である知人が誰《だれ》なのか、両親はコーデリアに問うはずだった。

しかし実際、両親はコーデリアの交友関係に興味が無く、ドレスについても素通りしている。

本当ならドレスを譲っていただいたお礼状は、伯爵家当主である父も一筆書くべきだが、父はここ数年コーデリアに事務仕事を丸投げしていた。

おかげで、知人の身元について追及されることも無く誤魔化しやすかったが、あまりにも放任主義すぎる両親に、コーデリアも苦笑いするしかないのだった。

(お父様もお母様も、興味があるのは可愛《かわい》いプリシラと、狩りや演劇といった自分の趣味だけで、貴族としての職務も私のことも、眼中に入っていないのでしょうね)

両親の望みは、ただプリシラを愛《め》で、機嫌を取るために甘やかすことだけ。そんな両親に見切りをつけ、乾いた心でプリシラの『お願い』を受け入れてきたコーデリアだったが。

(私たち家族の事情で、殿下からの心遣いを無駄にしたくはないもの)

あのドレスは、レオンハルトがコーデリアのためにと選んでくれたものだった。

そんなドレスを妹に渡すのは嫌だと、珍しくわがままを言いたくなったコーデリアなのであった。

◇◇◇◇◇◇◇◇◇◇◇◇◇◇◇◇◇◇◇◇◇

その後コーデリアが雑務を片付けているうちに、レオンハルトが訪ねてくる時刻が近づいてくる。

(よし、どうにか準備が間に合ったわね。プリシラも何とか送り出せたことだし……)

予想通り、プリシラは直前にかなりごねた。元より、ドレスの一件でご機嫌斜めだったため、それはもう不服そうな顔だったのだ。

ごねにごねたプリシラだったが、今日彼女が屋敷にいて困るのは、両親もコーデリアと同じだ。

両親と、そして演劇に同行するトパックとの四人がかりで、どうにかプリシラの説得に成功した。

演劇に同行させる従者には、くれぐれもプリシラが抜け出さないよう父が命令していたから、これでもう心配ないはずだ。コーデリアが身支度を整え窓辺に佇《たたず》んでいると、馬車停《と》まりへとレオンハルトの馬車が入ってくるのが見えた。

さっそく玄関まで出迎え、両親と共に歓待する。レオンハルトは穏やかな雰囲気を崩さず、またたび扱いしてきた時の危うさは、すっかりと影を潜めていた。

(他人の目があるところでは、殿下は自重できる方よね……)

……だからこそ、二人きりになった時との差が際立つのだが。

そんなことを考えつつ、レオンハルトの横を歩いていると、

「俺《おれ》の贈ったドレス、今日も着てくれたんだね」

囁《ささや》きが耳元に落ち、思わずどきりとしてしまう。

(平常心、平常心……)

表情に出さないよう努力する。

レオンハルトが耳元で囁いたのは、ドレスの出どころを両親に秘密にしているからだ。

それ以外の他意はないはずなのだが、声色が甘く優しいせいで、コーデリアの心臓に悪かった。

鼓動をなだめつつ応接室へ入り、両親と四人で談笑を繰り広げているうちに、話題が先日のカトリ

シアの件へと移り変わった。

「殿下のおかげで助かりました。本日お訪ねいただいたことといい、当家にはもったいないお心使いです」

「コーデリアのためならば、これくらいお安いご用だよ」

恐縮しきった父の言葉を、さらりとレオンハルトが打ち返した。コーデリアへの好意を隠そうともしないレオンハルトに、父親もどう対応すべきか決めかねているようだった。

「……なぜそこまで、うちのコーデリアをお気にかけていらっしゃるのですか？」

「彼女の人柄に惚《ほ》れ込んでいるからさ。グーエンバーグ伯爵も、先日公爵令嬢であるカトリシア相手に一歩も退《ひ》かなかった、コーデリアの勇姿は見ていただろう？」

「……あの日私は、外出していましたので……」

口ごもる父を、レオンハルトが目を細め見ていた。

「……殿下、あの日のことで、いくつかお聞きしたいことがあるのですが、今よろしいでしょうか？」

「あぁ、構わないよ。俺もそのつもりできたからな」

「ありがとうございます。それでは二人きりで、少しお話させていただきたいです」

「二人で？」

「ええ。伯爵家の当主として、身内とはいえ他人には、少し聞かれたくない事柄もありますので……」

父が目線で、コーデリアと母に退出を促した。

(伯爵家の当主として？　実務には関わっていないお父様が、殿下と何を話したいというのかしら？)

コーデリアは訝《いぶか》しんだ。事件について聞きたい、というのは口実のように思えた。

……父は父なりに、コーデリアに接近してきたレオンハルトの真意を確かめたいのだろうか？

疑いつつも、レオンハルトも退出を求めてきたため、コーデリアは席を立ち上がった。

◇◇◇◇◇◇◇◇◇◇◇◇◇◇◇◇◇◇◇◇

コーデリアたちが退室すると、一気に部屋が寂しくなったようにレオンハルトは感じた。

部屋に今いるのは三人。

レオンハルトとグーエンバーグ伯爵、そして無言で佇むレオンハルトの従者だ。

「……殿下。本日我が家においでいただいたのは、大変嬉《うれ》しいことなのですが……」

「何だ？　話したいことがあるなら、遠慮しないで言ってくれ」

言いよどむ伯爵を、レオンハルトは笑顔で促した。

ただしその笑顔は、コーデリアに向けるものとは違う、穏やかだが実の無い社交用の表情でしかない。コーデリアの父親である伯爵だが、レオンハルトは伯爵自身に好感情を抱いてはいなかった。

「……では、お言葉に甘えまして。……なぜ、コーデリアなのですか？　なぜ殿下は娘のことを、そんなにも贔屓《ひいき》にしてくださっているのですか？」

「それなら、先ほど答えたはずだぞ？　彼女の人柄、その心の在《あ》り方に惹《ひ》かれているんだ」

「……殿下、今ここにコーデリアはいません。無理に娘のことを、持ち上げる必要はありません」

「俺のコーデリアへの思いが、嘘《うそ》やお世辞だとでも言うつもりか？」

一段低くなったレオンハルトの声に、伯爵が慌てて頭《かぶり》を振った。

「め、めっそうもありません!!　殿下の娘へのご厚情、まことにありがたく存じております」

「ならばなぜ、俺の言葉を疑うんだ？」

「……コーデリアだからです」

レオンハルトと視線を合わせることなく、伯爵が語りだした。

「わが娘ながら、コーデリアは特別華やかなところもない、ごくありふれた娘です」

「……コーデリアが凡庸《ぼんよう》だと？」

「はい。とてもではないですが、殿下とはつり合いが取れていないように感じるのです」

「王族の俺と伯爵令嬢のコーデリア。確かに身分に隔たりがあるのは認めるが、それ以外にも問題があると言うのか？」

「問題と言うとその、言葉が悪いのですが、その……」

歯切れの悪い伯爵の口から、小さな呟《つぶや》きがこぼれ落ちる。

「……これがコーデリアではなく、プリシラならばわかるんです」

「どういうことだ？」

「プリシラは親の欲目を抜きにしても、大変愛らしい顔立ちをしておりますし、性格も明るく無邪気で魅力的です。そんな妹と比べると、コーデリアはその、あらゆる面で地味と言いますか……」

「……」

「コーデリアは真面目《まじめ》と言えば聞こえがいいですが、気が強く可愛げのない発言も多いでしょう？　外見だって十人並みでしゃれっ気もなく、どうして殿下がお気に留めているのかがわからなくて……」

「……わかった。もういい」

「殿下？」

レオンハルトの声色から、温度が剥がれ落ちていた。

「俺にもやっと、実感として理解できたよ」

「何を、でしょうか？」

「コーデリアが今まで、家族にどれほど苦労してきたかということだ」

冷ややかな声に、伯爵が少したじろいだ。

「殿下、いきなり何をおっしゃるのですか？　もしやコーデリアは殿下に私たち家族の愚痴をぶつけ、私たちを罰するよう願い出ていたのですか？」

「彼女はそんな卑怯《ひきょう》なことはしないよ」

「本当にですか？　コーデリアを庇《かば》う必要はありません。最近娘は調子に乗り見苦しい言動が目立ちます。もし殿下へ失礼な言動があったのなら、まことに申し訳ないです」

「……コーデリアが、調子に乗っている？」

「はい。望外の幸運で殿下のご厚意を受けたおかげか、娘は少し増長し、わがままになっています。今朝も、プリシラからの願いごとを拒絶し、妹を悲しませていました。おしゃれに興味など無いはずなのに、ドレスをわがままを言って手放そうとせず――――」

早口で不平を垂れ流す伯爵だったが、

「――――わがままだと？」

「ひっ⁉」

レオンハルトの一声に、びくりと背を揺らし黙り込んだ。

伯爵を見るレオンハルトは笑顔だが、瞳《め》は欠片《かけら》も笑っていなかった。

「自分のお気に入りのドレス一着を、妹に譲りたくないと願う。その程度を、わがままだと断罪し糾弾するのか？」

「で、ですが殿下！　コーデリアは今までいつだって、プリシラの願いは快く叶《かな》えていたはずで――」

「それがおかしいと、前提から間違っていると、なぜ理解できないんだ？」

歪《いびつ》だな、と。

レンハルトがため息をつき呟いた。

「コーデリアが、心の底から喜んで妹に譲っていたと、本気でそう信じているのか？」

「それはその……。確かに嫌がることもありましたが、最後には笑顔で受け入れてくれていて――――」

「受け入れざるを得ないように、あなたたちで追い込んだからだろう？」

伯爵の弁明を、レオンハルトがばっさりと切り捨てた。

「わがままばかり言うプリシラも問題だが……。彼女を甘やかし、コーデリアに負担を押し付けたあなたたち両親にも、責任があると思わないか？」

「な、なぜいきなり、わが家の家族関係に口を挟むのですか？　可愛い娘の願いごとを叶えてやるのは、親として当然のことでしょう？」

「コーデリアだって、あなたの血を引く娘のはずだ。彼女のことは可愛くなかったということか？」

指摘すると、伯爵が後ろ暗そうに顔をそらした。

伯爵は幼いコーデリアを、祖母もろとも領地の別邸に追いやった過去がある。さすがに少しは引け目に感じていたのだなと、レオンハルトは目を細め伯爵を見やった。

「そ、そんなことはありません。確かに、幼い頃《ころ》のプリシラは病弱で私たちもかかりきりで、そのせいでコーデリアに寂しい思いをさせてしまったのは認めますが……。ですがコーデリアは、私の母である祖母にとても懐いていました。祖母と共に生活させ、伯爵令嬢として恥ずかしくないよう、きちんと教育だって受けさせたつもりです」

「両親が自分を見てくれなかったからこそ、祖母に懐いたのだと思わないのか？」

「それはその、そういう一面があることは否定できませんが……。コーデリアと祖母は真面目で気の強い、よく似た性格をしています。だからこそ気が合い、お互い一緒にいて楽だったのだと思います」

「真面目で強気、か……」

いつだって背筋を伸ばしていた、責任感の強いコーデリア。

凛《りん》としたその立ち姿は、彼女に惹かれた理由の一つでもあったけれど――

「コーデリアが強さを身につけたのは、きっとあなたたち両親のせいでもあるのだろうな」

「私たちの？」

「強く在らなければいけないと、自らを律することをコーデリアは選んだんだ。そうしなければ、あなたたち両親と妹に伯爵家を食い潰《つぶ》されてしまうと、幼い身で理解してしまったのだろうな」

「なっ⁉　いきなり何を言うのですかっ⁉」

動揺する伯爵を前に、レオンハルトは従者へと手を伸ばす。

従者から手渡された書類入れから、一束の書類を伯爵の前に差し出した。

「この書類は……？」

「それを見て、何か思い至ることはあるか？」

書類の上部には、林檎《りんご》の収穫量に関する年推移について、と。ごく簡潔にタイトルが書かれていた。

書面にはここ二十年ほどの年数表記が縦に並べられ、それぞれの横に五桁《けた》前後の数字が記されている。

「……いきなりなんですか、これは？　殿下は林檎に興味があるのですか？」

「本当にわからないのか？」

「何を、ですか？　もったいぶるのはやめてくださいませ」

「……その書類は、あなたがた伯爵領に関するものだ」

「えっ？」

ぽかんとする伯爵に、レオンハルトは呆《あき》れた視線を向けた。

「数字を見れば、十二年前と二年前に、顕著に収穫量が落ち込んでいるのは明確だ。十二年前の天候不順は王国全土で見られたものだが、二年前の林檎の伝染病と不作は、伯爵領にのみ見られた現象だ。そこからくる特徴的な数字の推移を、あなたは思い至らなかったのか？　林檎産業は、伯爵領を支える重要な収入源の一つのはずだろう？」

「い、言われてみればそうですが、そんないきなり話を出されましても……」

「試すような真似《まね》をしたことは謝ろう。だがこの問いかけ、コーデリアなら間違いなく正解していたぞ？」

なにせ、と。レオンハルトは言葉を続けた。

「二年前の伝染病の疫病《えきびょう》対策に奔走したのも、収穫量の減少に対応し税率を調整したのも、税の減収を補うために伯爵領の予算を見直したのも、全《すべ》てコーデリアが指示したものだからな」

少し伯爵領の内情を調べれば、すぐにわかったことだった。

果樹畑を走り回り、細かな予算案を詰めた伯爵領の領民や役人たち。彼らの訴えを取りまとめ、全体の指揮をとったのは、当時若干十六歳のコーデリアだったのだ。

「コーデリアが林檎の不作に対応している間、あなたは何をしていたんだ？」

「私だって、伯爵家の当主として――」

「当主として、コーデリアのまとめた書類に判を押しただけだろう？　実務は全てコーデリアに丸投げして、妹を甘やかし趣味に興じていたんじゃないのか？」

少しでもまともに伯爵領の統治に関わっていたら、先ほどの林檎の書類を見過ごすはずがないのだ。伯爵家当主としてはあるまじき怠慢だが、伯爵には否定することもできないようだった。

「私は……」

「林檎の件だけではない。ここ数年、あなたの母親が体を壊し亡くなってからの伯爵領の運営は、実質コーデリア一人で担っていた状態だ。そのことを、あなたはどう考えているんだ？」

「それは、コーデリアがやりたくてやっていたことですから……」

非を認めようとしない伯爵に対し、

「本気で言っているのか？」

レオンハルトの翡翠《ひすい》色の瞳が眇《すが》められ、鋭い光を宿した。

「グーエンバーグ伯爵。あなたが王国より伯爵位を認められているのは、伯爵領の領民をよく治めるため、ひいては国のためにと与えられた爵位だ。その義務を放棄した身で、今更何を弁明しようというのだ？」

王族として、国を預かる一族としてのレオンハルトの指摘に、伯爵は今度こそ深く、心の底から恥じ入ったようだった。

「……申し訳ありません。全く申し開きもできません……」

「……情けないな。……あなたがそんな有様だから、コーデリアは強くならざるをえなかったのだろうな」

コーデリアだって人並みに両親に甘え、恋やおしゃれを楽しみたいと願った時期もあるはずだ。伯爵令嬢という身分と責任、まるで頼りにならない両親。それらのせいで、コーデリアは子供のままでいることを許されなかったということだ。

「伯爵家と領民を思ったコーデリアは、強くなるしかなかったんだ。そして幸か不幸か、その意思を現実のものにするだけの知性が彼女に宿っていたからこそ、伯爵家の経営も両親の不甲斐《ふがい》無さも妹のわがままも、全て彼女一人が背負い込むことになってしまったということだ」

「コーデリアが、一人で……」

そんなこと考えたこともなかったとでも言いたげに、伯爵がぼそりと呟いた。

その姿に、レオンハルトは思った。

――伯爵は悪人なのではない。

鈍感で、自分に甘いだけだ。

コーデリアを愛していると口にしつつ、平然と面倒ごとを押し付ける。

彼には厄介ごとを押し付けているという自覚さえないから、コーデリアを凡庸だの可愛げがないだの、散々こき下ろすことができるのだ。伯爵がもし、コーデリアへの一片の愛情も無い人間だったら、さすがにコーデリアだって家族を見捨てていたはずだ。

それが質《たち》の悪いところで、伯爵自身はコーデリアを愛しているつもりだし、おそらくプリシラと比べれば遥《はる》かに小さいだけで、コーデリアへの愛情も持ち合わせているのだ。

伯爵はきっと、伯爵家当主という器には相応《ふさわ》しくない、凡庸な人間に違いない。

その証拠《しょうこ》に、レオンハルトに対し、伯爵は媚《こび》を売ることは無かった。娘が王子に見初められたと知ったら、なんとか王家との繋《つな》がりを作ろうと、必死になる貴族が多いのにも関わらず、だ。

そういった強欲な人間をレオンハルトは好かないが、その心情が理解できなくはなかった。

貴族の当主は、多くの一族を領民の運命を背負っているのだ。

だからこそ権力を望むし、少しでも王家の覚えをめでたくしようとするもの。

反対に、伯爵がレオンハルトにおもねる気配が無いのは、自分が多くの命をあずかる伯爵家の人間であるという自覚が無いからに違いない。

それも当然で、伯爵家の実務をこなしていたのは彼の両親や娘のコーデリアであり、彼本人はプリシラを甘やかし趣味に興じるばかりで、自分に心地いいものしか視界に入れていなかった。

「伯爵、もう一度聞かせてもらえるか？　あなたはコーデリアのことをしゃれっ気がないと非難していたが、プリシラの浪費でひっ迫した伯爵家の財政を誰より良く知るコーデリアが、自分のドレスを購入できる人間と思うか？」

「……」

「コーデリアは、自分専用のまともなドレス一着持っていなかったんだ。そのことを、少しあなたは考えた方がいい」

「ドレス一着持っていない……」

もしや伯爵は、そんなことさえ気づいていなかったのだろうか？

レオンハルトは怒りを覚えつつ、静かに伯爵へと告げた。

「今更あなたが態度を改めたところで、コーデリアは喜ばないかもしれないが……。だが少しでも彼女のことを愛しているつもりなら、彼女の強さに甘えることはやめてやってくれ」

◇◇◇◇◇◇◇◇◇◇◇◇◇◇◇◇◇◇◇◇

「コーデリア、入りなさい」

「失礼します、殿下、お父様」

部屋の中からの呼びかけに、コーデリアは扉を開け入室した。

レオンハルトと父の、男同士の話し合いは終わったらしい。スカートの裾《すそ》をさばきながら、コーデリアは長椅子《いす》へと腰かけた。すると隣に座る父が、わずかに身じろぎ口を開く。

「……コーデリア、そのドレスはおまえのものだ。プリシラに譲れと言って悪かったな」

「……お父様？」

ばつの悪そうな父の言葉に、コーデリアは瞳をまたたかせた。

「元より、このドレスを譲る気はありませんでしたが……。いきなりどうしたのですか？」

「おまえには、甘えっぱなしだったと気づかされたからな……」

今まですまなかった、と。

そう聞こえたのは、コーデリアの気のせいだろうか？

「……すまないが、退席させてもらうことにする。コーデリア、殿下のお相手を頼んだぞ。……どうやら私には、少し考える時間が必要なようだからな」

父の青色の瞳《ひとみ》が、コーデリアの同じ色をした青の瞳と視線を合わした。

（久しぶりね……）

父が自分を正面から見たのは、何年ぶりのことだろうか？

そう感慨に耽《ふけ》る間もなく、ふいと視線がそらされてしまった。父はレオンハルトに向かい頭を下げ、無言で退室していく。

いつもより一回り小さくなったような父の背中を、コーデリアは静かに見つめた。

「……殿下、父と何をお話になられたのですか？」

「少し話し合っただけさ。詳しくは、娘である君が伯爵から直接聞いた方がいいはずだ。今の彼なら君の言葉も、少しは届くようになっているだろうからな」

まさか念のためと用意していた資料が役立つとはね、と。

レオンハルトが軽く肩をすくめていた。

「ありがとうございます、殿下。私のためにと、ドレスの件で父を諭《さと》してくれたのですね」

「感謝されることじゃないよ。俺は特別なことは何もしていないからな。当たり前の物事の道理を、わかりやすいように説明しただけさ」

「……あの父に道理を説くのは、とても難しかったと思います……」

なにせ、伯爵家当主とは信じられないほど、貴族としての自覚や常識が欠如している父なのだ。

コーデリアだって昔は苦言を呈していたが、全て右から左に聞き流されてしまっている。もし父が身内ではなく赤の他人だったら、とっくに縁を切っていたに違いなかった。

「君の苦労は察して余りあるな……」

「ありがとうございます。でも、殿下のおかげで助かりました。父が、殿下の言葉を聞き入れる気になったのは、殿下のお言葉がまっすぐで、誠実なお人柄が表れていたからだと思います」

「案外こういうことは、部外者である他人に指摘されると、あっさりと目が覚めることもあるものさ。親子や兄弟姉妹という間柄では、その関係が歪《ゆが》んでいても、当事者では自覚できないことも多いからな……」

兄弟関係に関しては、俺も人のことを言えないのだがな、と。レオンハルトが苦笑している。

「……さて、ずいぶんと待たせてしまい悪かったな。約束通り、今日は手袋を持ってきたんだ。サイズが合っているか念のため、はめてみてもらえるかい？」

長椅子の背後に立つ従者から、レオンハルトが小包を受け取った。

薄く透ける化粧紙の中身は、手袋だけにしては大きい気がした。

「殿下、これは？　手袋だけではありませんよね？」

「お茶菓子だよ。せっかく君の家に招かれたんだ。一緒に食べようじゃないか」

小包を受け取ったコーデリアは、リボンをほどき中身を確認した。

中に入っていたのは手袋と、王都有名店の高級な焼き菓子の箱詰めだ。

もっとも高級と言っても、伯爵家でも十分手が届く程度の品ではあるのだが――

（これ、私の好きなお菓子よね。殿下に直接教えたことは無かったはずなんだけど……）

彼は王族の一員なのだから、コーデリアの身の回りや経歴について、不穏なものが無いか調査していてもおかしくは無かった。

だが、コーデリアが彼に気に入られてから、まだ十日と少ししか経《た》っていないのだ。にも関わらず、ちょっとした好物まで把握され、準備されるとは驚きだ。そんな感想をコーデリアが抱きつつ、じっとお茶菓子を見つめていると、

「……何やら、部屋の外が騒がしいな」

レオンハルトが小さく呟いた。

耳を澄ませると、やがてコーデリアにも、廊下をこちらへと近づいてくる足音が聞こえた。

「――――レオンハルト様っ!! いらっしゃいますか!?」

「プリシラっ!?」

現れたのは、いるはずのない妹の姿だった。

◇◇◇◇◇◇◇◇◇◇◇◇◇◇◇◇◇◇◇◇◇

時間はしばし遡《さかのぼ》る。

トパックらに連れられ劇場に座るプリシラは、不満げに可憐《かれん》な唇を歪めていた。

貴族や富裕層向けの二階席。舞台上の演劇がよく見える席だが、今のプリシラには関係ない。瞳は舞台俳優たちを見ることも無く、退屈そうに細められているだけだ。

「……飽きました。このお芝居はつまらないです」

「プリシラっ!!」

不平をこぼすプリシラを、トパックが小声で咎《とが》めたてる。

プリシラは声を潜めるでもなく、飽きた外に出たいと連呼している。そんなプリシラを周囲の観客が、迷惑そうに睨《にら》みつけていた。

「プリシラ、どうしてそんなことを言うんだい？　このお芝居は、君が見たがっていたものだろう？」

「今は見たくありません」

「わがままを言わないでくれ。せめて終演まで我慢してくれないか？」

「でも、私もう飽きました。こんなところより、早く家に帰りたいです」

楽しんでいる舞台を『こんなところ』呼ばわりされた周囲の観客の視線が、より一層冷たくなった。

へこへこと周りに頭を下げるトパックを尻目《しりめ》に、プリシラは不機嫌さをあらわにしている。

……実際のところ、今回の演劇は一般的には十分面白い部類のはずだ。

脚本は王道だがしっかりと練られており、舞台演出や俳優陣の演技も高水準である。大人気という売り文句に恥じない、上質な演劇だったのだが――

(でも、違うわ。こんなものより、レオンハルト様の方がずっと素敵よ)

プリシラの心を占めるのは、金髪の王子の姿だった。

今まで出会った、どんな男性より麗しい王子様。思い出すのは、彼と初めてあった舞踏会と、家の庭先で、カトリシアから姉を守るように立ちふさがる彼の姿だ。

姉を見つめる彼の瞳は甘く蕩《とろ》けるように優しくて。

どうしようもなくプリシラの心を捕らえて離さなかった。

（……殿下はあんな素敵なのに、お姉様はずるいわ）

プリシラの心の中で、不満と癇癪《かんしゃく》が膨れ上がっていった。

プリシラから見た姉は、いつだってずるい人だった。

寝台に縛り付けられていた幼い自分を尻目に、健《すこ》やかに歩き回っていたコーデリア。自由に動く手足が羨《うらや》ましくて、健康な体が妬《ねた》ましくて、姉が抱えたぬいぐるみが可愛らしく見えてたまらなくて。

――だから欲しくなって、譲ってくれと口にしたのだ。

姉はいつだって、たくさんの素敵なものを持っているように見えた。

人形、お菓子、猫、ぬいぐるみ、ドレス、宝石……。

だからこそ全て譲ってもらったのに、手に入れた途端に石ころのようになってしまっていた。

（お姉様はずるいわ）

姉は最後には折れ、いつもプリシラに譲っていてくれていた。

しかしそれは優しさではなく、『譲ってくれたもの』が魅力的では無くなったのだと、姉自身も気づいていたからに違いない。そのせいで、プリシラはいつだって満たされなかったし、姉のずるさを思い知らされてきたのである。

（でも、今度こそ……）

だが、レオンハルトは違う気がした。

今までの婚約者とは格が違うと、そして何よりコーデリアからの扱いが違うと、プリシラはしっかり感づいている。

以前彼と会った時は、不幸な偶然か、彼はこちらを見ようとはしなかった。

彼を手に入れればきっと満たされるはずと、心がうずいてたまらなくなったのだ。

だが自分のことをよく知れば、きっとレオンハルトだって、こちらを選んでくれるはずだった。プリシラは自らの外見の良さを十分理解していたし、性格も両親から『無邪気で明るい可愛らしい妖《よう》精《せい》』と褒められているのだ。

(だから私は、さっさとレオンハルト様のところに行かなきゃいけないのに……)

不機嫌さを隠すことも無くトパックを睨みつけると、プリシラは勢いよく座席から立ち上がった。

「プリシラ、どこへ行くつもりだ!?」

「外の空気を吸ってきます」

言い捨てる。

観客席を出て、演劇場のロビーへと駆け出した。上演中で人気《ひとけ》の無いロビーを出口へと急ぐプリシラだったが、すぐ様前方に従者たちが回り込んできた。

「何するの!?　早くどいてっ!!」

「いけません、プリシラお嬢様。どうか席にお戻りください」

制止する従者たちは、父の差し金だ。

レオンハルトへの道を邪魔する彼らを怒鳴りつけようとしたプリシラだったが――――

「もしやと思って追いかけてみたが、プリシラということは、やはり貴様がコーデリアの妹か。付き合いで来た観劇だが、思わぬ拾い物のようだな？」

低い男の声とともに、手首を掴《つか》まれ引き寄せられた。

「っ!!　何するのよっ!?」

『コーデリアの妹』呼ばわりされ、ただでさえ低下していたプリシラの機嫌は、今や最悪になっていた。癇癪にまかせ振り向くと、黒髪の美貌《びぼう》の青年が、じっとこちらをのぞき込んできている。

男は唇を歪めると、プリシラの従者に命令を下し、二人きりにするよう下がらせた。

「噂《うわさ》には聞いていたが……。なかなかに美しい顔立ちをしているな。その顔なら俺の側妃……は無理だが、妾《めかけ》ぐらいにならしてやってもいいぞ？」

「――――離しなさいよっ!!」

顔を近づけてきた男を、プリシラは思いっきり突き放した。

「貴様、何をするっ!?」

「どきなさいよ!!　私今急いでいるのっ!!」

「このっ、貴様、この俺の美貌が目に入らないのかっ!?」

「それがどうしたんですか!?　今はレオンハルト様の方が大切です!!」

邪魔をするなと、プリシラは男の手を払いつつ叫んだ。

プリシラはそのまま、勢いよくホールの出口へと走り出した。

男が従者を下がらせてくれたおかげで、今やプリシラの行く手を遮る者はいなかった。

「待っててくださいレオンハルト様っ!!」

甘い衝動に身をまかせ、一目散に駆けていく銀髪の美少女。

彼女に振り払われた黒髪の男――――王太子ザイードが、暗い炎を瞳に宿し歯を食いしばった。

「レオンハルトだと……？　姉だけでなく妹までも俺の手を拒絶し、奴《やつ》を選ぶと言うのか……？」

◇◇◇◇◇◇◇◇◇◇◇◇◇◇◇◇◇◇◇◇◇

ザイードを置き去りに、自宅へと駆け戻ったプリシラは、玄関で押し留《とど》められていた。

「どうして⁉　どうして中に入れてくれないのよっ⁉」

「プリシラお嬢様、お許し下さい。旦那《だんな》様のご命令ですから……」

使用人たちと押し問答を繰り返すプリシラ。

言うことを聞かない使用人に、かっとなって手を上げようとしたところ――――

「あなたたち、どきなさい。プリシラを通してあげるのです」

「奥様……」

伯爵家の女主人の命令に、使用人たちは戸惑いつつも道を空けた。

「お母様ありがとう!!　大好きですっ!!」

「ふふっ、可愛いプリシラのためですもの」

抱きついてきたプリシラの頭を、母が愛《いと》おしげに撫でた。

母はプリシラと同じ銀髪で、二児の母には見えないほど若々しい、少女のような女性だった。

「母である私にはわかります。プリシラ、あなたは今、レオンハルト殿下に恋をしているのでしょう？」

「……はい。トパック様がいる身で、許されない恋だとはわかっているのですが……」

しおらしげに顔を俯《うつむ》けるプリシラに、母は優しく微笑《ほほえ》みかけた。

「あなたは何も恥じることはないわ、プリシラ。恋する心は、何より尊いものだもの。それにトパックは、先日の舞踏会であなたを見捨て傍観していたのでしょう？　そんな意気地無しの彼より殿下を選ぶ、あなたの見る目は確かだと思うわ」

「お母様……」

「殿下はお顔も優れていらっしゃるし、可愛らしいあなたにピッタリよ」

――――あんな素敵なお方がコーデリアと結ばれるなんて許せないわ、と。

小さな呟きが落ち、母の唇が歪められた。

「お母様、何かおっしゃいましたか？」

「……いえ、何も？　あなたが気にすることでは無いわ」

母の手が、プリシラの銀の髪をとき透かす。

「可愛い可愛いプリシラ。あなたは素直で無垢《むく》な、私の愛する娘のままでいてね？」

「はい、お母様」

プリシラは笑顔で頷《うなず》いた。

プリシラは母のことが好きだ。いつだって自分を愛してくれるし、望めばたいていのことは叶えてくれていた。だからこそプリシラは母も望むように、自分の感情を押さえつけることなく、自由に振る舞うと決めている。

「プリシラ、あなたにはいつまでも、純粋なままでいて欲しいの。……理屈っぽく可愛げのないコーデリアや、いじわるだったおばあ様のようになっては駄目よ？」

「ええ、大丈夫です。私は決して、お姉様やおばあ様のようにはなりません」

プリシラは幼い頃から母に、父方の祖母のようになるなと言い聞かされ育っていた。

父には昔、母とは別の婚約者がいたらしいが、しょせんは家の都合。政略結婚の相手だ。

当時子爵令嬢だった母と出会った父は、一目で熱烈な恋に落ちたらしい。そんな父を、母もまた深く愛した結果、祖母らの反対を押し切り、母は伯爵夫人の座に収まったと聞いていた。

「……おばあ様は元の婚約者がお気に入りだったようで、それはもう私に辛《つら》く当たったわ。コーデリアを見ると、こちらをどなりつけるおばあ様の顔を思い出してしまうの……。あの子は外見も気の強さも亡きおばあ様にそっくりで……。だから私にとっての娘はプリシラ、あなた一人しかいないのよ」

母の嘆きは、もう何十回と知れず聞いたもの。

プリシラは形だけ頷くと、レオンハルトのいる応接間へと駆け出した。

◇◇◇◇◇◇◇◇◇◇◇◇◇◇◇◇◇◇◇◇◇◇◇◇◇◇◇

「――レオンハルト様っ‼　いらっしゃいますか⁉」

「プリシラっ⁉」

部屋に入るなり、レオンハルトへ駆け寄るプリシラを、コーデリアは慌てて押し留めた。

「プリシラ、演劇は？　トパックはどうしたのよ？」

「殿下のために抜け出してきました！」

「……礼儀作法を修めない限り、殿下とご対面するのは許さないと、以前そう言ったわよね？」

現に今、プリシラは淑女にはあるまじき勢いでドアを開け、礼儀の一切を無視し振る舞ったのだ。

プリシラはそんな自らの無礼さを顧《かえり》みることも無く、不満げに頬を膨らませていた。

「もうっ、お姉様のいじわるっ‼　今はそんなことどうでもいいでしょう⁉」

「っ、暴れないでっ‼」

手足をばたつかせるプリシラの指先が、コーデリアの頬をかすめかけ――

「いい加減にしろ」

「レオンハルト様っ⁉」

プリシラの腕を掴んだレオンハルトが、コーデリアから引き剥がした。

思い焦がれていた王子に直接触れられ、プリシラの瞳が甘えを浮かべ蕩けだす。

「レオンハルト様、嬉しい……。お会いしたかったです……」

そのまま抱きつこうとするプリシラを、レオンハルトは体を捻《ひね》り躱《かわ》した。

「やめろ。君は一体何がしたいんだ？」

「レオンハルト様とお話ししたいだけです!!」

「そのためにコーデリアの、家族の言いつけを破り礼儀を無視するのか？」

「お姉様の小言より、レオンハルト様の方が何十倍も大切です。一緒にお話ししましょう？」

頬を染め瞳を潤ませ、じっとレオンハルトを見上げるプリシラ。

こうして見つめれば、いつだって男性はプリシラの望みを叶えてくれたのだったが、

「断る。君と話したいことなど、俺には何もないからな」

「……えっ？」

プリシラの瞳が、ぽかんと見開かれた。

「……聞き間違えですか？　私と話したくないなんてご冗談を――」

「冗談でも聞き間違えでも無く、まぎれも無い俺の本心だ」

「……嘘です。どうしてそんな酷《ひど》いこと言うんですか？」

「酷いのは、君の姉や周囲への態度だろう？」

「っ……!!　どうして私を責めるんですかっ!?　殿下はあの舞踏会の日、私のことを助けてくれたはずでしょう!?」

レオンハルトへすがりつこうとするプリシラを、王子の従者が羽交い絞めにし拘束した。

「何するのよっ!?　離してっ!!」

「ならば俺の話を聞け。あの日も告げたはずだが、俺が守りたかったのはコーデリアだ。君を助ける

ことになったのは結果論。ついでのようなものでしかない」

「……ついで……？　この私が、お姉様のオマケ……？」

「そうだ。そもそも君がコーデリアの妹でなかったら、こうして言葉を交わす気にもならず避けていたはずだ。あいにくと俺は、君のような人間は好きになれないからな」

「嘘っ!!　嘘つきっ!!　どうして私が嫌われなくちゃ――――っ!?」

「黙れプリシラ!!　！　殿下の前で口が過ぎる！」

泣きわめくプリシラの口を、父が強引にふさいでいた。

「殿下、お許しください。娘のことは、しっかりと私が叱《しか》っておきます。ですからどうか、プリシラを許してやってくださいませ……」

「……コーデリアを罪人の姉にするつもりはない。以後妹が、俺の前に顔を出さなければ十分だ」

「ありがたきお言葉、感謝いたします……!!」

顔を青ざめさせながらも、父が使用人とともにプリシラを引きずり退室した。

取り残されたコーデリアは、いたたまれずレオンハルトへと頭を下げる。

「殿下、申し訳ありません。妹の見苦しい様、情けないかぎりです……」

「頭を上げてくれ。君が謝る必要は無いんだ。妹の尻拭《しりぬぐ》いに慣れてしまっているのだろうが……。きっとこれからは、君の父も力になってくれるはずだ。それにもちろん、俺だって力を貸すつもりだぞ？」

少し茶化して言うと、レオンハルトがプリシラの消えた扉を見つめた。

「……と言ったそばからあれだが、とりあえず今日のところは、俺は帰ろうと思う。俺が居座っている限り、君の妹の癇癪も収まらないだろうからな……」

「……はい。そうしていただけると、私も父も助かります」

頷いたコーデリアだったが、言葉とは裏腹に、内心は沈み込んでいた。

妹の乱入で、レオンハルトと過ごす時間が終わってしまい残念だと。

そう思ってしまった自分に、コーデリアが少し戸惑っていたところ――

「コーデリア、また訪ねてきてもいいかい？　今度は誰にも邪魔されないよう、俺に考えがあるんだ」

レオンハルトから、一つ提案をされたのだった。

◇◇◇◇◇◇◇◇◇◇◇◇◇◇◇◇◇◇◇

「そろそろ、レオンハルト殿下がいらっしゃる時間ね」

書類仕事を切り上げると、コーデリアは机から立ち上がった。

レオンハルトから手袋を受け取ってから三十日ほど。

その間何度か彼と会っており、今日もこれから彼が訪ねてくる予定だ。

向かう先は、屋敷の一階の外れにある一室。入り口が壁に偽装された部屋だ。なかなかに偽装の完成度が高く、コーデリアもつい先日まで気づかなかった隠し部屋。レオンハルトに贈られたドレスを、プリシラに強引に奪われないようにと、置き場所として父に与えられた部屋だった。

その性質上、使用人に清掃を任せることもできないため、コーデリア自ら部屋を整える。

軽く掃除をし、最後に小さな隠し窓を開けると、長椅子に座しレオンハルトを待つことした。

(殿下と、今日は何をお話しできるのかしら)

心を浮き立たせるコーデリアだが、思い浮かべる内容は、艶《つや》っぽさとは無縁の事柄だ。

隣国との共同採掘場の建設、王都に新設された運河のもたらす影響、伯爵領の産業振興の未来図……。国を取り巻く政治や、伯爵領の統治について、レオンハルトと意見を交換するのは楽しかった。

伯爵令嬢に過ぎない自分が、王子である彼と政治経済を論じるなんて、と。

最初こそ腰が引けていたコーデリアだったが、彼と語り合ううち、すぐに夢中になっていった。

レオンハルトは博識で良い話し相手だ。彼はコーデリアの意見を柔軟に受け入れ、対等な話し相手として扱ってくれている。二人の考えが食い違い、時にぶつかることもあったが、それすら楽しく刺激的で、とても充実した時間を過ごせていた。

(本当に殿下は、私にはもったいないくらい素晴らしいお方よね……)

しみじみとコーデリアは思った。

優れた頭脳に穏やかな人当たり。他者を受け入れる器量を持ち、王族としての威厳も兼ね備えている。コーデリアに対しても、婚約を無理強いすることもなく、家庭事情を慮《おもんぱか》ってくれていた。

二人きりの時だって強引に迫られることはなく、こちらの興味のある話題に合わせてくれている。

彼と語り合うのは楽しかったし、合間にこちらに向けてくる瞳の優しさに、時折心臓が騒ぐのも感じていた。婚約者としてもこれ以上無く魅力的な、素敵な男性だと思うけれど――

（でも、またたびなのよね……）

またたび。

その一言が、浮き立つコーデリアの心を引き戻した。

彼の人柄を知るほど、止めようもなく心が傾いていったが、決して忘れてはいけないのだ。

（殿下が私に好意を持ってくれている理由は、私がまたたびだからよ……）

『匂《にお》いのようなもの』

そんな曖昧《あいまい》なものに、レオンハルトは惚れ込んでいるのだ。

いくら彼が力説しようと、コーデリアは自身の持つ『匂いのようなもの』の魅力はわからなくて、実感として理解することはできなかったのだ。

（これがいっそ顔に惚れられたとかなら、まだ努力のしようがあるのだけど……）

……例えばもし、君の顔が好みでたまらないと言われたら。

生活習慣を整え化粧に気を使い、外見を維持するよう努力することができる。だが惚れた理由が『匂いのようなもの』と言われては、コーデリアには打つ手がなかった。

自分では知覚できないまま、自らの放つ『匂いのようなもの』が変化してしまったら？

レオンハルトの好みから外れ、彼の熱が冷《さ》める可能性だって十分あるのだった。

（……それは嫌だし、怖いわ）

コーデリアは自らの恐れを認めた。

もし求婚を受け入れ、その後彼に棄《す》てられてしまったら？

想像しただけでも、辛い。今まで経験した婚約破棄とは比べ物にならない痛みを感じた。しかも問題はそれだけではなく、王子と伯爵令嬢という身分の壁もそびえたっているのだ。

レオンハルトへの思い一つで越えるには、あまりにも高すぎる壁だった。

（こんな私じゃ、とても殿下の求婚をお受けすることはできないわ……）

コーデリアは自嘲《じちょう》すると、気分を切り替えるよう頭を振った。こんな情けない姿を、レオンハルトの前に晒《さら》したくは無い。

コーデリアが顔をはたき気合を入れていると、庭に面した壁が叩《たた》かれる音が響いた。

「殿下、いらっしゃいませ」

「ぎみゃっ!!」

隠し窓から、小さな鳴き声が上がった。仔獅子《こじし》はもっふりとした前足を窓枠へとかけると、コーデリアめがけて飛び降りてきた。

「わっ、殿下っ!!」

ぽすり、と。

柔らかく温かな仔獅子が、膝《ひざ》の上に着地し丸まっていた。目が細められ、ごろごろと嬉しそうに喉《のど》を鳴らしている。丸い耳はぴこぴこと揺れ、ふわふわとした毛並みが腕に触れくすぐったかった。

……愛くるしい姿だが中身は人間。中の人はレオンハルトだ。意識するとたまらず、頬が赤くなってしまいそうだった。

「……殿下、本日のまたたび扱いは、これくらいで勘弁してくださいませ」

「――――あぁ、すまないなコーデリア。つい今日も、夢中になってしまっていたようだ」

膝から下りた仔獅子が人の姿に変じ、床を踏みしめると同時に口を開いた。

その素早い変化に、コーデリアが瞳を瞬かせる。

「……何度見ても、一瞬目を疑ってしまいますね」

「人が獣に姿を変えるなんて、そうそうお目にかかることはないだろうな」

隠し窓を閉めつつ、レオンハルトが今日も極上の笑顔を向けてきた。

「俺のように人と獣の二つの姿に変化できる存在は、かなり希少なはずだからな」

「希少……。それはもしかして裏を返すと、殿下以外にも、同じように獣に変じられる人間がいるということでしょうか？」

「過去のうちの王家には、俺と同じように獅子の姿に変ずる方がいらしたし、体全体の変化は無理でも、瞳や耳とか、一部だけを獅子のものに変えられる方もいらしたらしいな」

「体の一部を……」

「あぁ。それに現在の大陸にも俺以外、獣の姿に変化する人間が何人かいるからな」

「……それは、他国の王族の方のことですか？」

ライオルベルンの建国伝説と同じように、獣の姿をした精霊が建国に関わる国はいくつかあった。

狼《おおかみ》、虎《とら》、鹿《しか》。それに蛇といった精霊を祖とする王家が、大陸には存在しているのだった。

「だいたいそんなところだ。王家や、いずこかの時代に王家の血が混じった家系では稀《まれ》に、先祖返りし獣の姿に変化する人間が生まれるものらしいな」

「そうだったんですね……」

興味深い情報だが、あまり突っ込んで聞くと、他王家の機密にまで触れることになりそうだ。

コーデリアはすっぱりと話題を切り替え、レオンハルトとの会話を楽しむことにした。

◇◇◇◇◇◇◇◇◇◇◇◇◇◇◇◇◇

「――――と、このように、兄上が完成を急がせた王都の新運河の開通は、五大公爵家のうち二家にとって望ましいもので――――」

語るレオンハルトの言葉が、小さく聞こえた鐘の音に途切れた。

楽しい時間は、あっという間に過ぎ去ってしまうものだ。

王都に鳴り響く鐘は夕刻を告げ、レオンハルトと過ごす時の終わりを告げていた。

「殿下、ありがとうございました。今日もとても楽しかったです」

若干の喉の疲れを感じながらも、コーデリアは満足げに微笑んだ。名残《なごり》惜しいが、レオンハルトを留めるわけにはいかなかった。仔獅子の姿で会いに来てくれているおかげで、プリシラの癇癪や宮廷雀《すずめ》の噂話は避けられているが、そもそも彼は、王族としてとても忙しい身の上だ。

「俺の方こそ、君の言葉は興味深いものが多くて、聞き入ってしまっていたよ。今日の話の続きだが、次は何日後に――――」

「殿下、すみません。次回のお約束は、もうできそうにありません」

寂しさをこらえつつ、コーデリアは言葉を続けた。

「私はそろそろ、伯爵領にたまってゆく仕事をこなすため、領地に帰らなければなりません。カトリシア様との件の事後処理も一段落して、十日後に王都をたつ予定ですし、それに……」

少し言いよどむ。

「……私はやはり、殿下の求婚をお受けすることはできません。これ以上二人きりでお会いすることも、殿下にお時間を割いていただくことも、するべきでは無いと思います」

今までずっと、レオンハルトと共に過ごす心地よさに甘えてしまっていたけれど。

彼の求婚を受け入れる気が無い以上、伯爵領に帰る前にしっかりと別れを告げるべきだ。胸に鈍い痛みを感じつつ、コーデリアはレオンハルトの反応を窺《うかが》った。

「……コーデリア、ならば俺は――」

「別の道を進まれるべきだと思います」

「――何年だって待つつもりだ」

「……えっ？」

レオンハルトは、全く諦めていないようだった。

「申し訳ありませんが、求婚はお受けできなくて――」

「知っているさ」

少し切なそうに、レオンハルトが笑っていた。

「今君が、求婚を受け入れる気が無いのはわかっているよ。だが一度や二度断られたくらいで、俺は諦めるつもりは毛頭無いんだ」

「殿下……」

「婚約を無理に押し進めるつもりも、君を困らせることもしないと約束する。だから、君が伯爵領や家族の問題を片付け、心と時間に余裕ができたらもう一度、俺の求婚を考えて欲しいんだ」

レオンハルトは自らの思いを告げると、静かに長椅子から立ち上がった。

「……そろそろ時間だな。……明後日にでももう一度だけ、仔獅子の姿でこの屋敷に来ても大丈夫かい？　先ほど君は、俺が文章を引用した本を読みたがっていただろう？　君が伯爵領に帰る前に、俺の部屋から持ってこようと思うんだ」

「本を、殿下が、仔獅子の姿で？」

想像する。

丸っこい仔獅子が背中に本を背負い、短い足を一生懸命に動かし歩くその姿。

(和《なご》むわね……)

思わず唇が緩んだ。

だが冷静に考えると、重い本を背負わせるのは動物（？）虐待ではないだろうか？

それに王子である彼を使い走りのように扱うのは、恐れ多い限りだった。

「殿下、その本でしたら大丈夫です。明日にでも王立図書館に赴き、目を通してみたいと思います」

忙しいが、それくらいの時間は捻出《ねんしゅつ》できるはずだ。

ここしばらく、伯爵家ではいくつもの変化が起こっていた。

まず一つ目、父にもようやく伯爵家当主の責任が芽生えたようで、コーデリアから実務の手ほどきを受けていた。

父と娘。普通は教師と生徒役が逆のはずだが、それでも父の変化は嬉《うれ》しかった。

「でも、穏やかなことばかりでもないのよね……」

仔獅子の姿で窓から出ていくレオンハルトを見送った後、コーデリアは一人呟いた。

父が職務に励んだ結果、妹や母に構う時間が少なくなり、二人は不満を募らせている。

特にプリシラは、レオンハルトに拒絶された不満を爆発させ、いつも以上にわがままになっていたが、そのわがままの多くを、今の父は受け入れようとはしなかったのだ。

結果プリシラと、妹を甘やかしたい母の二人が父とぶつかり、連日諍《いさか》いが絶えない毎日だった。

(お父様が伯爵家当主として目覚めてくれたのだから、これ以上プリシラが無茶を通せるとは思わないけど……)

考えつつ、隠し扉に手をかけ外の様子を観察し、そっと部屋から出た。

扉を閉め、少し歩いて廊下の角を曲がったところで、意外な人物に遭遇した。

「ヘイルート?」

「おや、コーデリア様。今日お会いするとは思いませんでしたね」

ヘイルートは今日、父との話し合いに訪れていたはずだ。

プリシラのわがままで購入した絵画を売り払うため、画商の情報を教えてもらいに呼んでいた。

だから彼が、この屋敷にいること自体はおかしくないのだが――

「なんでこんな、屋敷の外れの方にやってきたの？」

隠し部屋の入口は、屋敷の奥まった一角。物置などが集められた廊下に位置していた。

「ちょっとした散歩ですよ。伯爵家の内装や飾られている絵画がどんなもんか気になって、画家としての本能ってやつですかね？」

「……そう」

気まぐれということだろうか？

もしや、隠し部屋から声が漏れバレたのではと心配になるが、扉の偽装は万全だ。防音もそれなりで、大きな声を出さないよう気をつけていたから、音で気づかれることも無いはずだ。

コーデリアはそう自身を納得させると、ヘイルートと雑談をしつつ歩き出したのだった。

◇◇◇◇◇◇◇◇◇◇◇◇◇◇◇◇◇◇◇◇

その翌日、コーデリアは王宮の図書館へと向かった。閲覧用の机の前に腰かけ、本と向き合っていたところ、ページの上に黒い影が差しかかる。

「女のくせに本にかじりつくとは、小賢《こざか》しいおまえらしいな」

「……ザイード殿下、ごきげんよう」

読んでいた本から顔を上げ、コーデリアは挨拶《あいさつ》を述べた。

本はレオンハルトのおすすめなだけあり興味深い内容で、読書を楽しんでいたのだが――

（最悪ね）

ザイードの登場に気分は急降下、警戒心は上昇する一方だ。

周囲を見ると、ザイード派の貴族の男性がこちらの様子を窺っていた。彼から情報を受け、ザイードはこちらに会いにやってきたのかもしれない。

「殿下、本日はどのような書物をお求めでいらしたのですか？」

「おまえを救ってやるためだ。感謝するといい」

繋がらない会話に、見下してくる視線。

やっぱり好きになれない相手だと思いつつ、コーデリアは笑顔で応対を続けた。

「……殿下、どういうことでしょうか？」

「おまえは近頃、レオンハルトに気に入られ調子に乗っているだろう？」

「レオンハルト殿下からの求婚は、丁重にお断りしています」

「嘘をつくな。弟は近頃浮かれっぱなしだぞ？　隠しているつもりのようだが、兄である俺の目は誤魔化せないからな」

鼻で笑うザイード。彼はこれでも兄として、レオンハルトを幼い頃から知っているのだ。

兄弟姉妹とはやはり厄介なものだな、と。コーデリアはプリシラの顔を思い浮かべた。

「レオンハルト殿下のお心はともかく、私に求婚を受けるつもりはありませ――」

「口では何とでも言えるものだ。王子である弟に気に入られ、貴様も内心いい気になって増長しているのだろう？　でなければ、この俺の手を振り払うなどあり得ないからな」

罵《ののし》られ勘違いされ、酷い誤解をされていた。

（……あなたが王太子じゃなかったら、口もききたくないくらいよ）

ふつふつと湧《わ》き上がるザイードへの嫌悪感を隠しつつ、コーデリアは静かに席を立った。

「帰らせていただきます。私にはザイード殿下の手も、そしてレオンハルト殿下の手も、どちらも取る気はありませんので、失礼いたします」

「逃げるな」

ザイードが強引に、右腕を強く掴んだ。

「痛いです。やめてください」

「おまえは俺に感謝し、求婚を受け入れるべきだ」

「離してください。そんなことをしても、私の心は変わりません」

「……っ、またも断るとは、妹といいおまえといい、許しがたい愚かな女だな……」

ザイードが何か呟いたが、コーデリアには内容が聞こえなかった。

「殿下、何かおっしゃいましたか？」

「っちっ!!　何でも無い。……四度も婚約者を奪われた惨めで馬鹿《ばか》な女。貴様の男を見る目の無さは、いっそ哀れみさえ覚えるほどだぞ？　貴様は今、弟の上辺のよさに騙《だま》されているだけだ」

「……レオンハルト殿下が、何を騙すというのですか？」

「ははっ、その反応は、やはり知らされていないようだな？」

ザイードの唇が、嗜虐心《しぎゃく》を刷《は》き歪んだ。

「弟はかつて、俺の婚約者を奪った恩知らずだ」

「……え？」

「病弱だった弟を可愛がってやっていたにもかかわらず、弟は俺の婚約者を奪い取ったんだぞ？　卑怯者の弟に騙されている哀れな貴様だが、俺を選ぶなら改心の機会を与えてやってもい――」

「殿下は一体、何をおっしゃってるのですか？」

早口で語るザイードとは裏腹に、コーデリアは冷静な表情だ。

レオンハルトが兄から婚約者を奪ったと言われ、一瞬驚いたのは認めるが、

「殿下には三年前に結ばれた正妃様以外、婚約者はいなかったはずです」

「公にされた情報のみに囚《とら》われる、底の浅い女だな。俺にはかつて婚約者にと用意された女が――」

「兄上っ⁉」

レオンハルトだ。

彼の登場にザイードが気を取られた隙に、コーデリアは素早く腕を引き抜いた。

「コーデリアとこんなところで、一体何をしているのですか？」

「貴様の悪行を、この女に教えてやっていたところだ」

ザイードがレオンハルトに、優越感と憎悪のあふれる瞳を向けた。

「コーデリア、俺の手を取れ。貴様を騙していた弟から、俺が救ってやると言っているんだ」

こちらへと手を伸ばすザイードを、

「お断りします。私にはレオンハルト殿下が、そんなことをする酷い方とは思えません」

コーデリアは躊躇《ちゅうちょ》なく振り払った。

「……俺の言葉が信じられないのか？」

「今まで接してきた、レオンハルト殿下のお人柄を信じているだけです」

コーデリアは一礼をした。今度こそザイードに別れを告げると、素早くその身を翻す」


残されたザイードはしばし呆然《ぼうぜん》としていたが、図書館の外へと駆け出した。コーデリアを見失ったことに気づき、ぎりりと歯を食いしばる。

「……ふざけるなよコーデリアっ!!　よりによって貴様がっ!!　妹に奪われ続けてきた貴様が!!　俺から婚約者を奪ったレオンハルトを選ぶと言うのかっ!?」

ザイードの声が怨嗟《えんさ》を孕《はら》み、不穏に空気を震わせたのだった。

◇◇◇◇◇◇◇◇◇◇◇◇◇◇◇◇◇◇◇◇◇◇

「ここまで来れば、兄上も追いかけてはこないはずだ」

レオンハルトが足を止めた。周囲に目隠しの木が並ぶ、王宮の庭園の外れだ。

「兄上に迫られていたが、大丈夫だったかい？」

「腕を掴まれたくらいです。殿下のおかげで助かりました」

「よかった……。王宮を歩いていたら君の気配を感じたから、こっそり顔をのぞこうと思って抜け出してきたんだ。……まさか兄上が、あぁも強引に君に迫るとは思い至らず、すまなかったな……」

「殿下は悪くありません。……ですが一つ、お聞かせいただいてもよろしいでしょうか？」

「……兄上が、俺に婚約者を奪われたと言っていた話か？」

コーデリアは頷いた。

「……いつかは君にも、話さなければいけないことだからな。あれは十一年前のことだ――」

◇◇◇◇◇◇◇◇◇◇◇◇◇◇◇◇◇◇◇◇◇

十一年前、先祖帰りの影響で虚弱だった九歳のレオンハルトは、多くの時間を寝台の上で過ごしていた。自由に歩き回ることもできない彼を哀れんだのが、当時ザイードの婚約者候補だったテレーズだ。テレーズはザイードの元を訪れた帰りに、レオンハルトの遊び相手になってくれていた。

心優しい彼女に、幼いレオンハルトも懐いていったのだが――

「テレーズは優しすぎた。王太子の婚約者という重い立場を、受け入れることができなかったんだ」

王太子であるザイードは他者に高慢な、当たりの強い性格をしていた。そんな彼と、優しいが気の弱いテレーズの相性は、お世辞にも良いものでは無かったらしい。ついにはテレーズ側からの断りにより、婚約は結ばれることなく消滅した。

「正式な婚約が結ばれる前とはいえ、それはもう兄上は怒り狂ったよ。だが、兄上が怒れば怒るほど、テレーズは萎縮《いしゅく》し、心が離れていってしまったようだった。そしてどうにか兄上を諦めさせようと、ついこう言ってしまったんだ」

――あなたと共に生きることはできません。どうしても王家との婚姻が必要と言うならば、私はレオンハルト殿下の婚約者になります、と。

「……それは、ちょっと……。彼女の気持ちもわかりますけど……」

コーデリアは眉を寄せた。

ザイードの執念深さは、つい先ほど経験したばかりだ。とはいえ、いくらザイードから逃《のが》れるためとはいえ、当時九歳のレオンハルトの名前を出すのは、少し酷いと思ったのだった。

「……彼女の言葉で、兄上の怒りは俺に向かうことになったよ。『おまえがテレーズをたぶらかし俺から奪った』と責められ、現在に至るまで仲直りできていないからな」

「それって完全に、ザイード殿下の逆恨みじゃないですか……」

「だが結果的に、兄上が婚約者候補を失ったのは事実だ。……俺は兄上からテレーズを奪う気は欠片も無かったと誓えるが……君にも信じて欲しいんだ」

「もちろんです。殿下が、ご兄弟から婚約者を奪えるような方には見えませんもの」

コーデリアは深く頷いた。

(これですっきりしたわ。いくら殿下が虚弱だったとはいえ、どうしてザイード殿下にあぁも引け目を感じているのか不思議だったのだけど……)

きっとレオンハルトは今も、テレーズの件でザイードに責任を感じているのだ。

「コーデリア、すまなかった。このことを告げたら、君に嫌われてしまうかもと思って、なかなか言い出せなかったんだ」

「私が、嫌う？」

「……君は妹に、婚約者を奪われているだろう？　その傷跡を、思い出させてしまうかもと怖かったんだ」

コーデリアは自身の心の内側をのぞき込んだ。

かつての婚約者に棄てられた時、それなりに胸は痛んだとはいえ、それはもう過去のことだった。

とくについ最近、レオンハルトに出会ってからは――

「――殿下にまたたび扱いされているうち、そんな傷、なくなってしまいました」

王子である彼に求婚され、またたび扱いされ、散々振り回されているのだ。

些細《ささい》な過去の痛みを思い出す暇もない、騒々しくも楽しい毎日。レオンハルトと過ごした日々を思い微笑むと――

「……やはり、たまらないな……」

レオンハルトの手が、そっと頬へと添えられた。

愛おしそうに一撫でると、レオンハルトは意を決したように口を開いた。

「コーデリア、聞いてくれ。俺にはもう一つ、黙っていたことがあるんだ」

「……何でしょうか？」

レオンハルトの瞳が、躊躇するように揺れ動いていた。コーデリアが初めて見る表情だ。

「……俺が君のことを知ったのは、この前の舞踏会からじゃなかったんだ」

「以前、私が殿下とお関わりしたことが？　すみませんが、思い当たる点が見当たらなくて……」

「それは当然さ。一昨年の舞踏会ですれ違った君に、俺が一方的に惹かれていただけだからな」

「……そうだったのですね。黙っていたことというのは、それだけなのでしょうか？」

問いを返すコーデリアに、レオンハルトが瞳をまたたかせた。

「……君は、俺のことを許してくれるのかい？」

「何をですか？　むしろ、ちょっとした疑問が解消されて、感謝したいくらいです」

レオンハルトは極めて短期間でコーデリアの好みのお菓子を把握し、ドレスを仕立て上げさせていたのだ。彼が以前からこちらのことを知っており、様子を窺っていたのだと聞けば納得だ。

「殿下が真剣な顔をなさるので身構えてしまいましたが……。他《ほか》に何かあるのですか？」

「俺は一昨年から、君を目で追っていた。……君が妹に婚約者を奪われるのを何度も、ただ見ていただけなんだ」

「殿下……」

「妹の横暴をいさめるでもなく、むしろ、君が他の男のものにならなくてよかったと、暗い安堵《あんど》を覚えていたんだ」

最低だな、と呟くレオンハルトに、コーデリアは静かに首を振った。

「殿下はご自身に対して厳しく、潔癖すぎると思います。元婚約者たちとの件は、私と元婚約者、そして妹の問題です。どこにも、殿下が気に病む必要はございません」

「君は優しいな……」

「優しいのは、殿下の方だと思います。……殿下が、私に二年もの間接触せず、無関係であろうとしたのは、私に王子の思い人という重荷を負わせたくなかったから。そして、ザイード殿下との確執に巻き込みたくなかったからなのでしょう？」

「……君には、やはりお見通しか」

レオンハルトが淡く微笑んだ。

「殿下は以前の舞踏会の日、私がカトリシア様にワインをかけられそうになった現場を見なかったら、全てを胸の内に秘めたままにしたおつもりだったのでしょう？　でも、私を庇い間近で接触したことで、ついまたたびへの欲が抑えられなくなってしまった。……つまり、全ては事故のようなものなのだと思います」

王子である彼が、伯爵令嬢に過ぎない自分へと求婚し執着する。

それ自体がおかしかったのだと、あるはずがない状況なのだと。

胸の痛みを覚えつつ、改めてそう自分に言い聞かせたコーデリアだったが、

「違うよ、コーデリア。あの日俺が君を助け求婚を迫ったのは、事故でも偶然でも無いんだ」

「……え？」

予想外の返答に、ついレオンハルトの顔を見つめてしまった。

「俺はもともとあの舞踏会の日、君に正面から声をかけ、思いを告げるつもりだったんだ」

「そんな……」

嘘でしょう？

そう否定するには。

レオンハルトの瞳はまっすぐで、切なくも熱い光が宿っていた。

「殿下、どうしてですか？　傍観者に徹するつもりだったのでしょう？」

「……君の香りが、俺の第六感が伝える君の姿が、あの日変わっていたからだ」

「私の、『匂いのようなもの』が、ですか？」

「そうだ。……コーデリア、君はここのところ俺に会う時、毎回香水を変えていただろう？」

コーデリアはぎくりと肩を揺らした。

「……気づいておられましたか」

「君に関することだからな。毎度指摘するのも無粋かと黙っていたが、今日だって、あの日の舞踏会の香水とは、全く別のものをつけているだろう？」

「はい。女友達から借りたものです」

香水を変えることで、自身の放つ『匂いのようなもの』が変わるのか知りたくて。

そして、もし香水で変わるのならば、レオンハルトからのまたたび扱いも終わるのではないかと、そう考えてのことだった。

「毎回違う香水を身にまとう君も新鮮で良かったが……。だが、俺が第六感で感じる君の香りは変わらないものだったよ。その証拠に今日だって、君の香りを頼りに、君の元に辿《たど》り着いただろう？」

「香水では、変わらない……。けれど、あの舞踏会の日には変わっていた……」

「あぁ、そうだ。変わらないけど、同時に変わりうるものなんだ」

「……どういうことでしょうか？」

レオンハルトの、謎《なぞ》かけめいた言葉たち。答えがわかりそうで、でもやはりわからなくて。コーデリアは疑問を呟きにしこぼした。

「……俺の感じる『香り』は、その人間の本質を嗅《か》ぎ取っているようなんだ。だからこそ、同じ人間が対象であれば大本は変わらないが、同時にその人間の心の在り方や経験した事柄によって、少しずつ変化していくものなんだ」

「心の在り方……」

「コーデリア、君の心には何か、舞踏会の前に変化があっただろう？」

――――思い出す。

トパックからの婚約破棄を受け、伯爵家の未来を自分一人で背負うと、そう決めた頃だった。

「……確かに、当たっているかもしれません。ヘイルート……友人にも、変化を指摘されていました」

「やはりそうか……。コーデリア、君の香りは冬空に咲く花。柔らかさと強さを秘めたものだ。初めて会った時から惹かれていたが、それでもあの日までは、自制がきいていたはずだった」

レオンハルトの声が、何かをこらえるようにかすれ低くなっていく。

「……だが、駄目だった。あの日の君は、凛とした強さが香り立ちしなやかで、でも少し寂しくて……我慢できなくなったんだ」

後悔と切なさ。そして抑えきれない熱を宿し、レオンハルトの瞳が細められた。

「コーデリア、君は優しく強い女性だ。自分の足で立ち、一人でも幸福に向かっていけると知っているが……そんな君だからこそ共に歩み、二人で生きていきたいと思ったんだ」

「殿下……」

「始まりは香りだが、君と言葉を交わし笑顔を見るうち、どんどん惹かれ手放せなくなって……。ただのまたたび扱いじゃ満足できなくなって、一人の人間として、そして女性として……君を愛してしまったんだ」

あふれる愛おしさを乗せ、レオンハルトがこちらを見つめた。

翡翠の瞳の、その奥に宿る思いに、コーデリアの鼓動が暴れだす。

「私は……」

高鳴る鼓動、早まる呼吸。

頭が顔が、とても熱くてたまらなくて。

香り。匂いのようなもの。またたび。

いくつかの言葉がコーデリアの頭を巡ったが――

(でも、きっと、何も特別なことじゃないわ)

わだかまりが雪解けのように消え、代わりに覚悟が芽吹き始めた。

――レオンハルトが自分に惚れたきっかけ、『匂いのようなもの』。

その感覚は、ただの人間のコーデリアには体感できないが、レオンハルトの言葉なら信じられた。

『匂いのようなもの』、それは人の心を表し香り立つ何かで。

そして自分の香りが、レオンハルトにとって魅力的だと言うのならば。

(私は、殿下の思いに応《こた》えたい。怯《おび》えたまま、心をすくませたくないわ)

レオンハルトの心変わりへの怖れは、依然としてコーデリアの心の内にあった。

だがそれは、誰かを求め恋をしたら不可避の、愛情と裏返しの感情だ。

(なら、私も覚悟を決め、恋心を胸に踏み出したい。だってきっと、この怖れは、何も特別なことではないのだもの)

人の心も、外見も。少しずつ、でも確実に変わっていくもの。

『匂いのようなもの』だってきっと、良くも悪くも変わっていくものなのだ。

そして変化の結果、相手の心を失うことに怯えるばかりでは、誰の手も掴めなくなってしまうはず。

変化を。

彼を欲しいと、共に生きたいと。

互いに良い方向へと変わっていき添い遂げたいと。

そう望む声が、コーデリアの中で育っていたのだった。

「……私も、殿下のことをお慕いしています」

「コーデリア……」

思いを告げるのはくすぐったくて、恥ずかしさに頬が赤くなるのがわかった。

「私が殿下の婚約者として、王族の妻として満足していただけるかはわかりませんが……。それでも私は、殿下の隣にいたいです」

「……ありがとう、コーデリア。俺はもう十分、君によって満たされているよ」

「……殿下は、私に甘すぎると思います」

恋心を認めると、聞き慣れたはずのレオンハルトの口説き文句の甘さが、全身に回るようだった。

「……求婚を、今すぐ受け入れることはできません。私には伯爵領や父の指導など、やり残したことがたくさんあります。だから殿下には、しばらくお待ちいただくことになると思いますが……」

「待つよ。君が俺の元に来てくれると約束してくれたんだから、何年だって待ち続けるさ」

晴れやかな笑顔で言うと、レオンハルトがコーデリアの手を取った。

「殿下？」

「約束の印だ。受け取ってくれ」

レオンハルトの唇が、手の甲に触れようとしたところで――

「殿下〜〜〜〜〜〜!!　どこですか――!?」

近づいてくる声に、レオンハルトの動きが止まった。

「……君に夢中になりすぎだな。いつもならもう少し早く、接近に気づいていたはずだ」

コーデリアの右手を離すと、レオンハルトが口惜し気に呟いた。

「コーデリア、続きはまた後日だ。名残惜しいが――」

「はい、行ってください。従者の方たちも、心配してらっしゃると思います」

胸の鼓動を抑えながら、コーデリアは平静を装った。

従者が来てくれて、ある意味助かったかもしれない。

あのまま彼の口づけを受け、甘い言葉を囁かれていたら、全身赤くなっていたかもしれなかった。

（……これから、忙しくなりそうね。道はきっと、険しいものになるはずだもの）

従者の元へ向かっていくレオンハルトを見送りながら、コーデリアは空を見上げた。

伯爵令嬢が王家に嫁入りした前例はあるが、令嬢が絶世の美貌の持ち主であったり、令嬢の母方がやんごとなき血筋であるといった例がほとんどだ。

（私にはどちらも無いわ……）

それどころか、四度も婚約破棄されたという悪名と、常識知らずのプリシラがついてくる有様だ。

当然、王族貴族たちの受けは良くない。手放しでコーデリアを受け入れることはないはずだ。

レオンハルトなら、反対など無視して婚約を進めてくれそうだが、彼に頼り切って、重荷になるのは耐えられなかった。

（胸を張って、殿下の婚約者を名乗れるようになりたい……）

伯爵領の後継者選び、伯爵領の繁栄、父親の再教育、妹への対処……。

問題を清算し功績を積み上げ、少しでもレオンハルトに相応しい人間になりたかった。

やるべきことは山積みだ。特に、コーデリアが嫁ぐ形になる以上、伯爵領の後継者選びは重要だ。

（……殿下に婿入りしてもらうのは、やはり難しいものね……）

王族である彼の婿入り先が、伯爵家では微妙というのもあるが、他にも無視できない問題があった。

（ザイード殿下……）

レオンハルトが臣籍に降《くだ》れば、国政への影響力が弱まるのは間違いない。いざという時、ザイードの暴走を止めることも難しくなるはずだ。

（それはこの国にとって、とても良くない気がするわ……）

傲慢《ごうまん》で感情的な、他人への尊大さを隠す気も無いザイード。

今のところ公人として大きな失策は無かったが、その人を人とも思わない性格のせいか、他国の使節などと、何度かもめごとを起こしていると聞いている。王太子の時点でその有様では、最高権力者である王となった時、どうなることか末恐ろしいことだった。

（それに国内でだって、王都の新運河と水道橋の建設を強引に進めたせいで軋轢《あつれき》を生んでいるものね）

新運河の開通により、王都への物流経路は大きく変わる予定だ。

グーエンバーグ伯爵領に顕著な影響は無さそうだが、新運河に人と物の流れを吸われ、苦心するだろう貴族も数多い。

反対に、新運河により恩恵を受けるのが、五大公爵家のうちの二家だ。一つは、ザイードの母方であり、カトリシアの家であるアーバード公爵家。そしてもう一つの公爵家、ブランデッド公爵家の支持を得るためにこそ、ザイードは性急に運河の建設を推し進めていたのだ。

（ザイード殿下は、レオンハルト殿下を恐れているのでしょうね……）

レオンハルトの母方は、五大公爵家の一つのティグデリア公爵家だ。そして五大公爵家のうちもう一つのニーズルスズ公爵家も、近頃レオンハルト寄りの姿勢を取っている。

ザイードにとって、五大公爵家のうち二家がレオンハルトに従う状態は好ましくないはずだ。だからこそ、ブランデッド公爵家を自陣に取り込みたいという思いは理解できるが――

（やり方が強引すぎるわ……）

本当にザイードが王太子でいいのかと、コーデリアは甚《はなは》だしく不安だった。

もし次代の王に、誰が相応しいかと問われたら。

（……レオンハルト殿下）

彼とて完璧《かんぺき》な人間ではないが、それでもザイードよりずっと、良い王になると信じられた。血筋や、五大公爵家の動向、その他諸々《もろもろ》を鑑《かんが》みても、夢物語では無い話のはずだ。

コーデリアにだって一つ、レオンハルトを王太子へと押し上げるための考えがあったが――

（でもこれは型破りで、実行したらどうなるか未知数なやり方よ。……それにそもそも、レオンハルト殿下自体が、ザイード殿下を押しのけてまで、玉座に手を伸ばそうとは思っていないものね……）

色々と思うところはあるが、これ以上は自分の領分を超える行いだ。思い付いた策が実行される日がこないことを祈りつつ、コーデリアは自邸への帰路についたのだった。

6章　「狐に獅子の咆哮を」

「コーデリアお嬢様、トパック様がお見えになっています」

「トパックが？」

書類をめくる手を止めないまま、コーデリアは問い返した。

レオンハルトの告白を受け、今日で五日目になる。彼の求婚を将来的に受け入れるためにも、一度伯爵領へ帰る必要があった。そのために、王都の屋敷での雑事を処理していたところだ。

「この後予定があるから、後にしてもらえるかし――」

「コーデリアっ！」

不躾《ぶしつけ》な足音とともに、トパックが書斎へと入ってきた。

「トパック、無作法よ。出直してちょうだい」

「聞いてくれ。君に話があるんだ！」

「悪いけど、私は忙しいの」

「プリシラのことだ！　君の妹だろう!?」

わめきたてるトパックは、頑《かたく》なに引き下がろうとしなかった。

コーデリアはため息をつきつつ、応接間の準備と茶菓子の手配を命じたのだった。

◇◇◇◇◇◇◇◇◇◇◇◇◇◇◇◇◇◇◇◇

「……本当にプリシラは酷《ひど》い人間だよ。綺麗《きれい》なのは顔だけで、僕のことをちっとも思いやってくれないんだ」

くたびれた様子のトパックが、長々とプリシラの悪口をこぼしていた。妹に振り回されかわいそうではあるが、だからと言って愚痴をぶつけられるのも勘弁して欲しかった。

「妹の悪口を言いたいだけなら帰ってくれるかしら？　私に言われても、どうしようもないわ」

「……僕は、プリシラとの婚約を解消するつもりだ」

「そう。どうぞご自由に」

本来、身内に関わる婚約破棄は止めるべきだが、なにせ相手がプリシラだ。妹はもはやトパックなど眼中にないようだったし、これ以上婚約関係を続けたところで泥沼だ。

「……君は反対しないんだな？」

「プリシラ本人が納得してるなら、私に止める理由は無いわ」

「良かった。ならばもう一度、僕と婚約を結び直してくれるよな？」

「はい？」

驚き、危うく紅茶のカップを取り落としかけ、コーデリアは少し慌てた。

「本気で言ってるの？」

「僕は本気だ。君だって、僕のことが嫌いで婚約破棄したわけじゃないだろう？」

「嫌いよ」

ばっさり切り捨てると、トパックが口をぽかんと開けていた。

「へっ？」

「な、何を言うんだコーデリア⁉」

「あなたのことを慕っていた時期もあったわ。でもその後あなたは、一方的に私に婚約破棄を押し付け迷惑をかけてきたじゃない。どうして嫌われないと思ったのかしら？」

「それはその、不幸な行き違いというかっ……‼」

「用件がそれだけなら、私は下がらせてもらうわ。もうすぐ友人が訪ねてくる予定で忙しいの」

席を立つと、トパックが追いすがるよう腕を伸ばした。

「待ってくれ‼　全部レオンハルト殿下のせいなのかっ⁉」

「……どうしてそこで、殿下のお名前が出てくるのよ？」

「君が殿下に気に入られてるのは知ってるんだ‼　君、思い上がっているんじゃないか？　殿下と君じゃ不釣り合いだ。伯爵令嬢の君には、同じ伯爵家の僕が相応《ふさわ》し――――」

「ふざけないでくれるかしら？」

「っ‼」

表情を消したコーデリアに、トパックが尻込《しりご》みした。

「殿下は関係ないわ。殿下がたとえいなくても、今後私があなたを好きになることは無いと断言できるし、再婚約なんて真っ平ごめんよ」

言い捨てたコーデリアは、今度こそ応接間を出ようとしたが――

（えっ？）

視界が歪《ゆが》む。気持ちが悪い。

膝《ひざ》が折れ、立っていられずに倒れ込む。

薬か何かを、盛られてしまったようだった。

（そういう、こと。プリシラへのぐちをつづけていたのは、くす、りがまわる、のをまって――）

狭まっていく視界の最後に、こちらを見下ろすトパックの姿が映った。

◇◇◇◇◇◇◇◇◇◇◇◇◇◇◇◇◇◇◇◇

「……それで一体、ここはどこなのかしら？」

次に目覚めたのは、見知らぬ一室だった。

これといった調度品も無く、燭台《しょくだい》が一つ置かれているだけで薄暗い。部屋の隅に転がされていたが、幸い、手枷《かせ》や足枷の類《たぐい》ははめられていないようだった。

「油断してたわね……」

まさか自邸で一服盛られるとは、さすがに警戒していなかった。

この場所まで気絶していた自分を運んだのは、トパックが乗ってきた馬車だろうが――

「お姉様、目が覚めたんですか？」

「……プリシラ」

扉が開き、笑顔の妹が姿を現した。背後には少し気まずそうなトパックの姿もあった。

「プリシラ、あなたの仕業ね？　懇意にしている侍女を動かして、私に薬を盛って連れだして……何がしたいのよ？」

「もうっ、怖い顔しないでくださいよ。これも全部、お姉様のためなんですよ？」

「……お願いだから、人間の言葉を話してくれないかしら？」

人を拉致《らち》しておいて、何を言っているのだろうか？

薬の影響か、本気で頭痛がしそうだった。

「トパック、通訳して。説明してくれるわよね？」

「……君のため、というのは正解だ。コーデリア、君は本当に自分が、レオンハルト殿下に相応しいと思い上がっているのか？」

「外野のあなたに口出しされるいわれは無いわ」

「っ!!　僕は、君の婚約者だろう!?」

「元・婚約者よ。事実を捻《ね》じ曲げないでもらえるかしら？」

「思い違いは君の方だ!!　ザイード殿下は、僕と君との再婚約を認めてくださったんだ!!」

「……ザイード殿下が？」

不愉快な名前に、コーデリアは眉《まゆ》をひそめた。

「いつの間に、ザイード殿下と知り合いになっていたのよ？」

「トパック様とお芝居を観《み》に行った日ですよ」

にこにこと笑顔のプリシラが、話に首を突っ込んできた。

「あの日、ザイード殿下は私に声をかけ、その後私を追ってきたトパック様とお話したんです」

「プリシラの言う通りだ。ザイード殿下はプリシラを見て、その美しさを認め……そして、特に取り柄の無い君より、美貌《びぼう》のプリシラこそが王族であるレオンハルト殿下に相応しいのではないかと、昨日僕に相談してくださったんだ」

「……なるほど。だから今プリシラは、そんなにも上機嫌なのね」

頭痛をこらえつつ、コーデリアは声を絞り出した。

「はい、お姉様。お姉様より私の方が、レオンハルト殿下に相応しいと言われました」

「……あなた、忘れたの？　レオンハルト殿下はあなたのこと、嫌いだとおっしゃっていたわよね？」

「そんなの気の迷いですよ。私と一緒に過ごせば、お姉様より私を選んでくれるに決まっています」

満面の笑顔のプリシラに、コーデリアは深い脱力感を覚えた。

血を分けた妹が、ここまで思い込みが激しく愚かだとは、信じたくないことだった。

「……プリシラの言い分はわかったわ。それでトパック、あなたまでなんで、こんな馬鹿《ばか》なことに加担しているのかしら？　百歩譲って、私への婚約復縁を迫るにしても、その私に薬を盛るなんて……あなたへの感情が、嫌いから大嫌いに悪化するだけだと思わなかったの？」

「君は意地っ張りだから、じっくり話し合う必要があるだろう？」

「拉致監禁して、私が首を縦に振るまで帰さないつもり？」

「……僕は、ザイード殿下の勧めに従っただけだっ!!」

「全部他人のせいにするの？」

「っ、どうしてそんなに冷たいんだ!?　僕の行動は、全《すべ》て君への思いが高じたもので――――」

「嘘《うそ》をつかないでくれるかしら？」

コーデリアは、温度の無い瞳《め》でトパックを見ていた。

「私への恋だとか愛だとか、そんなもの欠片《かけら》も持っていないでしょう？　あなたはただ、プリシラのわがままに耐えられなくなっただけ。そして今更妹との婚約を破棄したところで、姉妹二人を立て続けに捨てたあなたに、まともな縁談が来るはずないと悟ってしまっただけじゃない」

「もうお姉様っ!!　わがままなんて酷いですっ!!」

プリシラが頬《ほお》を膨らませますが、今は無視してトパックと向き合った。

「そ、それはっ……」

「だからこそ、元婚約者である私にすがっただけでしょう？」

「……黙れっ!!」

「奇遇ね。私もあなたと口なんてききたくないわ」

トパックは恨めし気に、こちらを睨《にら》みつけるだけだった。

どうせ彼は、易《やす》きに流されるだけの人間だ。ザイードの威を借り強気になっていたところで、ひとたび言い負かされると、それ以上こちらを阻む気力は無いようだった。

情けないばかりの元婚約者の姿に、コーデリアがため息をついたところ――

「コーデリアぁあっ!!　プリシラぁあぁっ!!」

憎悪にまみれた叫びが背中を震わせた。

獣のごとき咆哮《ほうこう》に、コーデリアの全身が総毛立つ。

「カトリシア様っ!?」

罪人として囚《とら》われていたはずのカトリシア。

髪は乱れ目元は落ちくぼみ、変わり果てた姿だった。

「あは、うふふ。あはははははっは!!　ようやく会えたわねコーデリアっ!!　ザイード殿下のおっしゃった通りね!!」

「……あなたも、ザイード殿下にそそのかされた口かしら？」

「殿下はおっしゃったわ!!　コーデリアとプリシラを殺せば、正妃の位を下さるって!!　私こそが国母に相応しいと認めてくださったわっ!!」

ゆらりと持ち上げられたカトリシアの手で、短剣が鈍い光を放った。

(そういうこと!!　プリシラとトパックをそそのかし私を連れだして、私達姉妹に恨みを持つカトリシアに、まとめて処分させるつもりね!!)

王太子であるザイードとはいえ、無実のコーデリアの暗殺を任せられるような子飼いの手駒《てごま》は、持ち合わせていないのかもしれない。その点カトリシアなら御しやすい。少し都合のいい嘘を吹き込めば、即席の殺し屋として使えるということだ。

「……っ!!」

コーデリアは身構えた。不気味に体を揺らすカトリシアが、刃《やいば》を掲げて走り出す。

「死ねっ!!　私と国のために死になさい!!」

「ひぃいいいいいいいいっ!!」

悲鳴を上げ、トパックが逃げ出した。

カトリシアはそんな彼には目もくれず、一直線にコーデリアへと向かってきた。

「っ!!」

必死で避《よ》けると、血走った目がこちらを見上げた。

「っちぃっ!!　ちょこまかとっ!!　なら先に妹の方からっ!!」

「いやぁっ!!　こないで!!」

プリシラが泣き叫ぶ。

突然のカトリシアの凶行に硬まり、逃げそびれていたようだった。

トパックは既にプリシラを見捨て、部屋から逃げ出したようだ。

「あははははははっ!!　無様ねプリシラぁっ!?」

「いやぁぁぁぁぁぁぁっ!!」

「死にな――――ぎゃあっ!?」

カトリシアの頭に、コーデリアの投げた燭台がぶち当たる。

衝撃と痛みにうめくカトリシアを前に、コーデリアは活路を探した。

（どこに逃げればっ……!?）

部屋の入口の方角には、カトリシアが陣取っている。

ならば反対方向だ。

薄暗い中見回すと、対面の壁にも扉らしきものがあった。

駆け寄りドアノブへと手を伸ばす。

押し開けると、ぶわりと風が吹き込んできた。

「っ……!!　ここ、二階だったのね!!」

扉の先は、手すりつきの広いバルコニーのようだった。

地面は遠く、着地に失敗すれば骨の一、二本は折れてしまいそうだ。

「お姉様!!　どうすればいいのっ!?　早くカトリシア様をやっつけてくださいっ!!」

遅れて逃げてきたプリシラが、無責任にこちらへわめきたてる。

「無理よ。危ないけど注意して、ここから飛び降りるしか無いわ」

「ふざけてるんですかっ!?」

「私が見本を見せるから、真似《まね》すればいいわ」

背後にカトリシアが迫っているのだ。

悠長に話し合っている時間はない。

手すりに足をかけ、つま先から飛び降りようとしたところで、

「いやっ!!　置いてかないでお姉様っ!!」

背後からの衝撃。体が押し出され、虚空《こくう》へと踊った。

「なっ⁉」

「きゃあぁぁっ⁉」

地面へと落ちていく。

抱きついてきたプリシラに体勢を崩され落下し、気づけば砂だらけで地面に転がっていた。

「……っ、プリシラ、無事？」

頭から落ちることは免れたが、右足に激痛が走り、立ち上がれそうになかった。

痛みをこらえつつ頭を上げると、一目散に逃げるプリシラが目に入る。

「プリシラ待っ、痛っ……‼」

叫びに振り返ることもなく、プリシラの背は小さくなっていく。

一人では立ち上がれそうにないが、早く逃げなければカトリシアが追ってくる。

痛む足を引きずり、どうにか立ち上がろうとしたところで、

「え？」

赤い花が、プリシラの銀の髪に咲いていた。

「熱い⁉　どうし――――いやあぁぁっ⁉」

炎が燃え上がり、銀の髪を焼き焦がす。熱に炙《あぶ》られ、プリシラが絶叫し倒れ込む。衝撃で炎は消えたようだが、プリシラは倒れたまま、ぴくりとも動こうとしなかった。

「プリシラ……」

「あはははっ!!　いい気味ね!!　私から逃げようとするからよっ!!」

バルコニーから、狂気を孕《はら》んだカトリシアの哄笑《こうしょう》が響いた。

(そうだっ……!!　カトリシア様は炎の魔術をっ……!!)

短剣から逃げるのに必死で、頭から抜け落ちてしまっていた。

頭上から放たれる火球。コーデリアは、腹ばいで必死に避けるしかなかった。

「あはははっ!!　芋虫《いもむし》みたいに惨めで面白いわね!!」

「ぐっ……!!」

詠唱に引き続き、いくつもの火球が間近に着弾する。

直撃はしなかったが、炎にあぶられ肌が痛んだ。

「思い知りなさい!!　公爵令嬢たる私を馬鹿にした罪!!　しっかり刻み込んであげるわ!!」

絶叫したカトリシアは、一際長い詠唱へと入った。

その手の先で特大の炎が膨れ上がるのを、コーデリアは絶望と共に見上げた。

(こんなところで死ぬなんてっ……!!)

せめて一歩でも、少しでも炎から遠ざかろうと、歯を食いしばり体を動かして――――

「コーデリアっ!!」

「――――レオンハルト殿下!?」

迫りくる火球が、煙も残さず消え失《う》せる。

駆け寄ってきたレオンハルトが、優しくコーデリアを助け起こした。

「大丈夫かっ⁉」

「ありがとうございます。右足をくじいた他《ほか》は無事で――」

「どうしてよっ⁉」

レオンハルトとの再会を、カトリシアの金切り声が遮った。

「なんで殿下がここにいるのよっ⁉　なんで私の魔術が当たらないのよっ⁉」

悲鳴に呪文《じゅもん》の詠唱が続き、火球がこちらへと放たれる。

しかしレオンハルトに近づいた途端、火球は全て虚空へと散逸した。

（先祖返り……）

カトリシアは強い魔力の持ち主だが、あくまで人間の範疇《はんちゅう》でしかなかった。

王家の祖である聖獣は、炎を司る精霊。

先祖返りであるレオンハルトもまた、炎を従える主《あるじ》としてこの場に君臨しているのだった。

「……コーデリアを傷つけたのは貴様か？」

「ひいっ⁉」

レオンハルトの、炎の主の視線に晒《さら》され、カトリシアがすくみ上がる。

殺意ではなく恐怖から、震えながら呪文を唱えたカトリシアだったが――

「そんなっ⁉」

恐怖のまま感情のまま。唱えられた呪文は滅茶苦茶だ。制御を失った魔術が牙《きば》をむき、炎となって荒れ狂う。

カトリシアはドレスを焦がす炎を消そうと、狂乱し手足をばたつかせていた。

「殿下!!　炎を消してくださいっ!!」

「────仕方ないな。君が望むならそうしよう」

レオンハルトの一瞥《いちべつ》に、カトリシアのドレスから炎が消え失せる。

だがしかし、すぐにはカトリシアの混乱は収まらず────

「危ないっ!!」

手足を振り回す勢いのまま、手すりを越えた体が宙に踊る。

「きゃあぁ────っ!?」

「くっ!!」

落下する寸前、レオンハルトがカトリシアを受け止める。

カトリシアは恐怖に意識を手放したが、命に別状はないようだった。

「よかった……。レオンハルト殿下、ありがとうございます」

「……本当に、彼女を助けて良かったのかい？　君を何度も殺そうとした相手だぞ？」

「……罪人が裁かれるべきは法廷ですから」

コーデリアは気絶したカトリシアを見つめた。

恐怖、恨み、安堵《あんど》に戸惑い。

彼女への様々な感情に今は蓋《ふた》をし、レオンハルトの手を借り立ち上がる。

「レオンハルト様、すみませんがプリシラの元まで、私を連れていっていただけませんか？」

プリシラは未だ意識不明。まずは火傷《やけど》の手当てが必要だ。

（……正直、プリシラを助けたいのかどうか、私は自分の心がわからないけど……）

コーデリアを振り回し、迷惑をかけるだけかけて逃げたプリシラに、最後の肉親の情も吹き飛んだ。

（……でも、だからって、今プリシラを無視して見捨てたら、私まで同じになっちゃうわ）

そんな複雑なコーデリアの思いをくみ取ったのか、レオンハルトが体を抱き上げてくれた。

小さく黒煙を上げるプリシラの、その頭部が見えてくる。

自慢の銀の髪は焼け焦げ、全身が煤《すす》で汚れてしまっていた。意識を失った顔は青く、恐怖に歪み硬まっている。

「呼吸は安定しているから、体や口内に火傷は無いはずだ」

「……髪だけですんで幸運だったと、妹にはそう納得してもらうしかありませんね」

ため息をつく。呼吸のわずかな動きにも、右足が鋭く痛んだ。

「私も右足だけですんで助かりました。もし殿下がいらっしゃらなかったら、今頃《いまごろ》は丸焼きになっていたはずです。殿下はどうやってこの場所へ？」

周囲を見渡すとまばらな木立と、そびえ立つ水道橋が目に入る。王都の外れにある林のようだ。時刻はもうすぐ夕刻と言ったところ。昼過ぎに自邸から拉致されてから、まだ半日も経《た》っていないようだった。

「もしかしてここまで、私の匂《にお》いを追って……？」

「いや、さすがにそれは俺《おれ》にも無理だよ。君が危ないと、そうこの場所を知らせてくれた人間が

――」

「きゃっ⁉」

強い衝撃。

反射的に閉じた目を開くと、赤いしぶきが目に入る。

レオンハルトの右肩、首との付け根のあたりに、一本の矢が深々と突き刺さっていた。

「っ……‼」

レオンハルトはコーデリアを下ろすと、地面へと膝をつき倒れ込む。

「殿下っ……⁉」

「――そこを動くな‼　レオンハルト、貴様を反逆罪の現行犯として捕らえさせてもらおう」

黄昏《たそがれ》へと向かう林から。

兵を引き連れたザイードが、得意げな顔で姿を現す。

矢傷を受けうずくまるレオンハルトを庇《かば》いながら、コーデリアは反論の声を上げた。

「ザイード殿下、いきなり何をおっしゃるのですか？　レオンハルト殿下が、なんの罪を犯したというのですか⁉」

「ふん、馬鹿め。おまえはここがどこなのか、まさかわかっていないのか？」

「ここは……」

「惚《とぼ》けるつもりか？　ならば言ってやろう。ここは国家事業である新運河へと水を運ぶ、水道橋の要《かなめ》にあたる部分であり、そこに建つ屋敷は、水道橋の管理要員用の宿泊施設になる予定の建物だ」

「水道橋の要……」

林の中に、都合よく無人の屋敷があるなとは思ったが、そういう理由だったのか。

「コーデリア、そしてレオンハルト。貴様ら二人は新運河の使用を阻むべく、水道橋を破壊しようとしたのだろう？　でなければこんな林の中に、二人で足を伸ばす理由も無いからな」

「言いがかりです!!　なぜ私たちが、水道橋を壊す必要があるのですか？」

「水道橋に水が通り新運河が稼働すれば、俺を支持する公爵たちが潤うからだ。貴様ら二人は俺の力を削《そ》ぐためだけに、卑劣にも水道橋の破壊工作に乗り出したんだろう？　それは国家への反逆、まぎれも無い裏切り行為だ」

断罪を告げるザイードを守るように、兵士たちがこちらへと槍《やり》を向けている。

そして兵士たちの背後から、見慣れた影が姿を現した。

「トパック……!!」

「僕は見ました。そこにいるコーデリアとレオンハルト殿下が、水道橋にこれと同じ、爆発を引き起こす紋章具を仕掛けているのを、確かに僕は見たんです……」

トパックが手にしているのは、魔術師でなくとも魔術が扱える道具、紋章具だ。紋章具としては一般的な、両手で抱えるほどの大きさの鉄版型だが、当然コーデリアに見覚えは無かった。

「偽証です!!　トパックはザイード殿下にそそのかされ、嘘の証言をしています」

「嘘つきは貴様の方だろう？　このトパックは不審な動きをした貴様を怪しみ後をつけ、俺に知らせてくれた功労者だからな」

「そ、その通りだぞコーデリアっ!!　早く罪を認めた方が罪が軽くなるぞ？」

「……最低な男だと知っていたけど、更に下へと突き抜けたわね」

下を向き呟《つぶや》くと、コーデリアは顔を上げた。

「そちらの証人はトパックだけですか？　確かな物証も無く、王子であるレオンハルト殿下を貶《おとし》めるなど、認められると思っているのですか？」

コーデリアの指摘に、兵士の一部がざわめいた。

「ザイード殿下、あの女の言葉、一理あるのではないで――――」

「貴様、王太子である俺に逆らう気か？」

「そ、そんなつもりはっ!!」

「ならば黙っていろ。……それに証拠《しょうこ》なら、その女自体が何よりの動かぬ証拠だろう？」

「私が？」

ザイードの目が、酷薄な光を宿し歪んだ。

「妹と違い絶世の美女というわけでも無く、ただの伯爵令嬢に過ぎない貴様が、なぜ弟に見初められたと思っている？」

「それは……」

香りのせい。

きっかけはまたたび扱いです、と。

そう告げることもできず、思わず言いよどんでしまった。

「答えは簡単だ。弟は貴様に愛を囁《ささや》き騙《だま》すことで、破壊工作の共犯者に仕立て上げたんだ」

「違います!!　根も葉もない言いがかりです!!」

「ではどう説明するつもりだ？　婚約者に四度まで捨てられた貴様が、なぜ王子である弟に気に入られたと言うんだ？」

嘲《あざけ》るザイードに、兵士たちもざわめきだした。

「そうか、彼女が四度も婚約者に棄《す》てられたという……」

「それなりに美人だが、気が強そうだからなぁ」

「……そんな女を、確かに理由も無くレオンハルト殿下が選ぶわけないな……」

「殿下はお顔がいいから、あの女もあっさりと騙されてしまったに違いない」

向けられる下世話な視線。コーデリアは唇を噛《か》みしめた。

(まさかこんな形で、度重なる婚約破棄が響くなんて……!!)

レオンハルトの獅子《しし》の姿を秘密にしている以上、説得力のある反論が思いつかなかった。

「ふん、ようやく貴様も諦《あきら》めがついたようだな。しばらくすれば、王都の警備隊も駆けつけるはずだ。それまでは、精々あの屋敷の一室で大人《おとな》しくしていろ」

◇◇◇◇◇◇◇◇◇◇◇◇◇◇◇◇◇◇◇◇

コーデリアは手足を縛られ先ほどの部屋に放《ほう》り込まれ、脱出した屋敷へと逆戻りした。

「殿下、意識はございますか……？」

レオンハルトもまた手足を戒められていたが、兵士たちも王子である彼を粗略に扱うことはできなかったのか、寝台へと横たえられていた。

「……あぁ、ようやく視界が定まってきた。どうも矢に、薬が塗られていたようだ。一応咄嗟《とっさ》に、重要な腱《けん》や血管は外したつもりだったが……。俺は人より治癒《ちゆ》速度が早いが、それでもしばらくは、利き腕は満足に使えなそうだな」

「……人の姿のまま、炎を出し操ることはできますか？」

「獅子の姿ほどでは無いとはいえできるが、だが……」

レオンハルトが力なく笑った。

「俺は、ここから逃げるつもりはないよ」

「ですがこのままでは、冤罪《えんざい》を着せられてしまいます!!」

「兄上が一番憎んでいるのは、きっとこの俺だ。どうにか頼み込んで、君への罰は解いてもらうよ」

「それでは殿下が罪人に……!!」

「……この場から逃げるのは駄目だ。逃げたが最後、兄上は俺たちを堂々と謀反《むほん》人に仕立て上げ、君の伯爵領を取り潰《つぶ》しにかかるに違いない。それに最悪、兄上と国を割る争いに――」

レオンハルトが黙り込んだ。

硬質な足音が響き、部屋の入口の鍵《かぎ》が回った。

「罪人に堕《お》とされた気分はどうだ、弟よ？」

「ザイード……‼」

コーデリアがその名を呼び捨てた。

もはや彼相手に、形だけとはいえ王族としての敬意を払う気になれなかった。

「ふん、王太子たる俺の名を呼び捨てか。ついに化けの皮が剥《は》がれたということか？」

「騙しているのはあなたの方でしょう？　本気でこんな無茶な筋書きが、国王陛下たちに認められると思ってるの？」

「認めるに決まっているだろう？　貴様たちはこれから、水道橋を破壊するのだからな」

「……何ですって？」

「聡明《そうめい》なる俺は貴様らの謀反を察知したが、わずかばかり遅かったのだ。貴様らが水道橋の柱にしかけた紋章具は、取り外すと術式を暴走させる種類だったせいで、哀れ水道橋は木っ端微塵《みじん》――というわけだな」

「それ、本気で言っているのかしら？　あの水道橋を作るのに、どれだけの人手と血税が注がれたか、王族のあなたなら知っているわよね？」

「目障りな弟を排除し、将来への禍根《かこん》が断てるなら安いものだろう？」

コーデリアの問いは無駄だったようだ。ザイードは罪悪感に蝕《むしば》まれることも無く、レオンハルトを追い落とす計画を語っていく。

「水道橋が破壊されれば、新運河の開通は大きく遅れ、最悪頓挫《とんざ》することになる。そうすれば、新運河で益を得る予定だった公爵家たちは怒り狂うはずだろう？　生贄《いけにえ》を求められたら、父上だって弟を差し出すさ」

「……自身の支持者の公爵家さえ騙し傷つけるなんて、あなた狂ってるわね」

「弟さえいなくなれば、これ以上貴族たちの顔色を窺《うかが》う必要もなくなるから、一石二鳥《いっせきにちょう》だろう？」

「兄上は……」

レオンハルトが、無表情で唇を開いた。

「兄上はそこまでして、俺のことを排除したかったんですか……？」

「祖国の中枢、王家の席に、貴様のような泥棒をのさばらせるわけにはいかないだろう？」

「ふざけないでっ‼」

コーデリアが叫んだ。

これ以上、心無い異母兄の言葉に傷つくレオンハルトを見たくなかった。

「あなたのは全部、ただの八つ当たりじゃない‼　偉そうなことを言っているけど、どうせ私があなたよりレオンハルト殿下を選んだと逆恨みして、私ごと始末しようとしただけでしょう⁉」

「始末、か。貴様も存外しぶといな。……元々は、弟にそそのかされた貴様とプリシラが水道橋を破壊しようとしたところ、貴様ら姉妹を警戒していたカトリシアがその計画を察知し、貴様らの犯行を阻止しようと殺害。その功績をもってカトリシアの軟禁を正式に解除させ、父親である公爵に恩を売る。そしておまえの死体から弟との密通書が見つかり、弟は罪人へ――という筋書きだったが、だいぶ狂ってしまったようだな？」

だがおかげで、俺自ら弟を罪人として断罪でき良かったかもしれないなと、ザイードが呟き笑った。

「負け犬らしく、貴様らはそこでうずくまっているといい。まもなく王都の警備隊が到着したら、その目の前で紋章具を暴発させ、言い逃《のが》れをできなくしてやろう」

吐き捨てると、ザイードは鍵をかけ去っていった。

取り残されたコーデリアの耳に、レオンハルトの呟きが響いた。

「兄上は……俺の憧《あこが》れていた兄上は、もうとっくに、亡くなってしまっていたんだな」

「殿下……」

「……俺は兄上を尊重するふりをして、幼い俺の抱いた憧れを、壊されたくなかっただけかもしれない。……そんな俺の甘さのつけが、今の状況なんだろうな」

痛みをこらえつつ、しかしレオンハルトの瞳《ひとみ》には、自らの過《あやま》ちを償おうとする光があった。

「コーデリア、君の言う通りだったな。兄上には、次期国王たる資格などないと。王族として、兄を許すことはできないと。……俺にもようやく理解し、決心することができたよ。ここから抜け出し、兄上の暴挙を阻止し、嘘を暴かなければならなくなった」

国のため、民のため。

兄への幼い感傷を断ち切ったレオンハルトには、確かな王者としての威風が宿っていた。

「……殿下は、玉座をお望みになりますか？」

「あぁ、そのつもりだ。俺が王冠を戴《いただ》けば、王妃となる君の負担も増やしてしまうと思うが――」

「望むところです」

コーデリアは力強く笑った。

不安はある。恐れもある。

だが、それ以上に、ザイードが王になるなど見過ごせなくて。

(────殿下が、王冠を掴《つか》む決意をしたのなら)

全力で支えるのが、コーデリアの望みだった。

「殿下、私に一つ考えがあります。上手《うま》くいけば、全てひっくり返すことができると思います」

◇◇◇◇◇◇◇◇◇◇◇◇◇◇◇◇◇◇◇◇

「ザイード殿下、もう間もなく、王都警備隊の本隊が到着するそうです」

兵士からの報告を、ザイードは上機嫌で聞いていた。

王都警備隊の目の前で、紋章具により水道橋を倒壊させる計画だ。炎を現出させる紋章具は特注で、極めて破壊力が大きい一品。吹き上がる炎は、きっと王都からさえ見えるほど燃え盛る。炎は断罪の使徒となり、王都の人々にも、レオンハルトの悪行を印象付けるはずだった。

そう悦に入り、自らの計画を確認していたザイードを、不穏なざわめきがかすめていく。

「……おい、あれは何だ……？」

「謀反人の女と、それにあの後ろにいるのは……」

兵士たちの声が耳を引っかく。

何事かと見ると、屋敷の二階、そのバルコニーにいたのは――

「……獅子？」

堂々たる体躯《たいく》の黄金の獅子が、コーデリアを守るよう立っていたのである。

◇◇◇◇◇◇◇◇◇◇◇◇◇◇◇◇◇◇◇◇◇◇

こちらを見上げる多くの兵士たちの視線に、コーデリアは一つ息を吸い込んだ。

今から口にするのははったり。綱渡りの連続だ。

右足の痛みをわずかにも表情に出さず、コーデリアは悠然と微笑《ほほえ》んだ。

「――皆様、こちらをご覧ください。私から皆様に、お伝えしなければならないことがございます」

「コーデリアっ!!　貴様、どうやって縄から抜け出した!?」

叫ぶザイードを、コーデリアは静かに見下ろした。

「そんなの簡単です。私には、聖獣様がついていますもの」

「聖獣……？」

兵士たちに動揺が広がっていく。

「まさか、あの後ろにいるのが……？」

「確かに、伝説の通りの立派な姿の獅子に見えるが……」

「っ!!　でたらめを言うなコーデリア!!　魔術によるこけおどしか何かだ！　矢をかけ射落とせ!!」

ザイードの指示に弓兵が矢を引き絞る。

数十本の矢が、コーデリアに向け放たれ――――

「なっ!?」

そのことごとくが、炎に焼かれ消え失せる。

「愚かな真似はよしてくださいませ。そんな弓矢程度、聖獣様の加護を得た私には通じません」

コーデリアは言い放つと、背後から黄金に輝く一振りの剣を取り出した。

レオンハルトの力の一部である聖剣は、重さなど感じさせないように軽やかだ。

打ち合わせ通りレオンハルトの力で、刀身に炎をまとわりつかせてもらい、高く天へと掲げ持つ。

「これこそが、建国伝説に謳《うた》われる炎の聖剣。私が聖獣様の加護を受けた証《あかし》です」

厳《おごそ》かに言い切ると、コーデリアは兵士たちの反応を観察した。

「あの剣と炎は……！」

「俺、建国祭で祀《まつ》られてる聖剣を見たぞ!! あの柄《つか》のこしらえ、本物で間違いないっ!!」

「だが聖剣は、もう数百年誰《だれ》も抜けなかったはずで……」

「聖剣を抜けるのは聖獣である初代国王と、その加護を受けた聖女様だけ……」

「つまり……」

「聖獣の伝説は、真実だったということか……！」

兵士たちの瞳に畏怖《いふ》と感嘆の光を確認し、コーデリアが口を開いた。

「私は二月ほど前、偶然にも聖獣様に出会いました。そして幸運なことに聖獣様に気に入っていただけ、加護を授かることになりました。今までは、国政に混乱をまねくまいと口を噤《つぐ》み秘密にしていましたが、ザイード殿下の謀《はかりごと》を止めるため、公表することにいたしました」

「黙れっ!! おい誰か、屋敷に入ってあの女を黙らせてこいっ!!」

ザイードがわめいたが、兵士たちはコーデリアと獅子の姿に釘付《くぎづ》けにされ、誰も従おうとしなかった。

コーデリアはザイードに構うことなく、ゆったりとした手つきで獅子の背を撫《な》でた。獅子はレオンハルトであり、肩には矢傷があったが、幸いたてがみに隠れる位置だ。

巨大な獅子に触れ従えるコーデリアの姿は、兵士たちに『聖獣の加護』を確信させるのに十分なようだった。

「私は聖獣様の加護を得ました。そしてそのことを、今は矢傷で寝込んでいるレオンハルト殿下も、偶然お知りになったのです。……そしてだからこそ殿下は、ただの伯爵令嬢に過ぎない私に目をかけ、共に思いを育《はぐ》むことになったのです」

「……なるほど、そういうことか……」

「あぁ、それなら、レオンハルト殿下が執着なさるのも当然だな……」

深く頷《うなず》き納得する兵士たちを、コーデリアは内心複雑な思いで見つめていた。

『なぜかレオンハルトに気に入られていた伯爵令嬢』から『聖獣の加護ゆえにレオンハルトに気に入られて当然の伯爵令嬢』へと、認識を反転させるはったりだった。

「……私は、レオンハルト殿下のお人柄に感銘を受け、聖獣様の力と共に、この国を守っていくつもりでした。……ですがそれを知ったザイード殿下は、不満に思っていたようです」

「何だとっ⁉　でたらめを言うなっ‼　俺は今まで、その聖獣もどきの姿など一度も見たことが無かったぞ⁉」

「ザイード殿下が、私たちを疎《うと》ましく思うのもわかります。聖獣様は初代国王の化身、王権そのものを象徴するも同然です。そんな存在が、弟であるレオンハルト様についたとしたら、内心穏やかでは無かったと思います……」

悲し気に俯《うつむ》き、コーデリアは眉を寄せ口を噤んだ。

敵対するザイードにさえ哀れみを見せるその姿に、兵士たちも心動かされるものがあったようだ。

「そうか、ザイード殿下は、ご自身の王太子の地位が脅かされると思って……」

「レオンハルト殿下を潰すため、冤罪を被《かぶ》せようということか……」

潜められた声が、兵士たちの間で交わされていた。

兵士たちは今や、ザイードへと非難の目を向け始めている。

（……風向きが変わったようね）

そもそもの話、ザイードの語った計画はかなり強引で、粗が目立つやり方だ。

兵士たちだって、心の底からレオンハルトを疑い、憎んでいたわけでは決して無い。ザイードの命令に不信感を抱きながらも、王太子である彼に逆らうことができなかった兵士たち。そこへ、より王族関連で格上の『初代国王の化身である聖獣』を従えたコーデリアが現れたのだから、ザイードへの不信や不満が噴出するのは自然な成り行きだった。

ザイードは確かに王太子だが、彼本人が王太子の位に相応しいかは別の話だ。

『王太子の位』という『虎《とら》』を。

虎の威を借るのが、ザイードのやり方なのだとしたら――――

（真の王者たる獅子をぶつけるまでよ）

――――それが、コーデリアの考えた策だ。

獅子の姿のレオンハルトを人々に見せ、こちらにこそ聖獣の加護があり、王族として格上だと。

そう喧伝《けんでん》する、いわば博打《ばくち》のようなやり方だ。最初に考えついた時、まさか使う機会がくるなんてとは思っていたが、上手くいったようで一安心だ。

「貴様ら目を覚ませっ!!　そこの女は罪を逃れるため、口から出まかせをしゃべっているだけだ!!」

今やザイードの命令に、従う兵士はいなかった。

むしろ、彼がわめけばわめくほど、悠然としたコーデリアとの落差が際立ち、人心が離れる一方だ。

趨勢《すうせい》がこちらへと傾いたのを確認しつつ、コーデリアはもう一つの案件を片付けることにした。

「すみませんが、そこの水道橋の橋げた近くにいる方。少し下がっていてください」

橋げたに仕掛けられた紋章具に張り付いていた兵士が、慌ててその場からどいていく。

「では殿下、お願いしますね」

小声でコーデリアが呟いた次の瞬間、紋章具が燃え上がり、瞬時に跡形もなく消え去った。

炎は紋章具のみを正確に焼き、橋げたには焦げ跡一つついていない。

「な、なんだとっ!?　貴様何をしたっ!?　あの紋章具は、生半可のことでは破壊されないという触れ込みで手に入れた品で――――」

ザイードが慌てて口を閉じた。

しかし、時は既に遅い。

紋章具を用意したのが自分であるという失言に、兵士たちも罪人が誰か確信したようだった。

「ザイード殿下っ!! 今橋げたから上がった炎は何ですか？」

ちょうどその時、木立から武装した一団が姿を現した。

剣と槍を携えた彼らは、ザイードが呼び寄せていた王都警備隊の一団だ。

「っ!! 謀反だっ!! あそこにいる女が、俺を騙し陥れようとしたんだ!!」

まだ事情が呑《の》み込めない警備隊を味方につけようと、ザイードが必死に言い立てる。

警備隊も半信半疑《はんしんはんぎ》ながら、王太子である彼の命令に従う姿を見せたが――

「聞きなさい!! ザイード殿下がおっしゃっているのは偽りです!! 私たちにはこの国を、皆様を害する意思など微塵もありませんっ!!」

「あの女の言葉に惑わされるな!! 早く斬《き》り殺して――――」

「その証拠を、今ここでお見せします!!」

コーデリアが叫ぶと、獅子が堂々たる足並みで、彼女の前へと進み出る。

獅子はたてがみを揺らし喉《のど》をそらし、大きく息を吸い込むと――――

「～～～～～～～～～～～～～～～～～～～～っ!!」

巨大な咆哮。

魂まで震えるほどに圧倒的な咆哮が、その場全ての人間の体を揺さぶった。

強く気高く、轟轟《ごうごう》と響き渡る獅子の吠《ほ》え声とともに、空に大きな炎の輪が現出する。王都からさえ目視できるであろう、空に燃え盛る巨大な炎の輪だ。

金色に燃える円環は、炎で象《かたど》られた王冠のように美しく、人々の瞳へと刻み付けられた。

「――おわかりいただけましたか？　これが、聖獣様の力の一端です」

コーデリアが唇を開くと、獅子が咆哮をやめ、炎の王冠も幻のように消え失せる。

「私たちにザイード殿下や水道橋を害する意思が本当にあったらとしたら、今頃とっくに、塵《ちり》さえ残さず消えていたはずなのです」

全てはこちらの掌《てのひら》の上。

正しさも強さも全てがこちらが上だと、そう宣言する最後の駄目押しだ。

「……嘘だ。こんなことはありえないはずだ……」

うめくザイードの左右を、兵たちが硬めていった。

それは王太子に付き従うためではなく、罪人を捕縛するための動きなのだった。

◇◇◇◇◇◇◇◇◇◇◇◇◇◇◇◇◇◇◇◇◇◇

一連の事件の結果、ザイードは王太子の身分をはく奪されることが決定した。

公的には死んだ者として発表され、王族のみが入る塔に幽閉されることになったらしい。

（もっとも、もし自由を得たとしても、何もできなさそうな様子だったわね……）

コーデリアが最後にザイードを見た時、生気が抜けきってしまっていたのだ。今まで築き上げてきた全てが無に帰した衝撃に、気力も何もかもが尽きてしまったようだった。

（カトリシア様も、同じようなものかしらね……）

こちらも七十年間の幽閉。死ぬまで出られない罰が下されたも同然だ。彼女の父親、アーバード公爵は嘆いたが、さすがに今度ばかりはカトリシアを庇え切れなかったようだ。

アーバード公爵は罪人となった娘の罪を償うことに、残りの人生を費やすつもりだと聞いている。

事件に関わった人々の行く末。

今コーデリアが歩みを進めている目的地も、後始末の一環のためだった。

「コーデリア助けてくれ!! 早くこんなとこから出してくれっ!!」

コーデリアが訪れたのは、元婚約者であるトパックの牢《ろう》だ。

「トパック、あなたへの処罰が確定したわ。生涯《しょうがい》、牢の中で過ごすようにというお達しよ」

「死ぬまで!? そんなの酷すぎるじゃないかっ!!」

「死罪にならなかっただけ上等だと思うわ」

「死罪!? 僕が何の罪を犯したって言うんだ!?」

わめきたてるトパックに、コーデリアは無表情で罪を告げる。

「私を拉致監禁した誘拐罪。王族であるレオンハルト殿下を陥れようとした偽証罪。未遂ではあってもザイードの水道橋破壊工作に加担した国家反逆罪。……どれ一つとっても重罪じゃない」

「け、けどそれは全部!!　王太子であったザイード殿下にそそのかされ強要されたからでっ……!!」

「そんな言い訳が通用すると思っているの？　あの日あの場には、彼だけでなくレオンハルト殿下もいらっしゃったわ。本当に彼に脅されていたと言うなら、レオンハルト殿下に助けを求めればよかったじゃない。にも関わらず、あなたが従い続けていたのは、彼につく方が、あなたにとって都合が良かったからでしょう？」

「……っ!!」

「そもそも、あなたがあの日私を拉致しなければ、レオンハルト殿下が矢傷を負うことも、その後の騒動も全て存在しなかったはずじゃない」

「悪くないっ!!　僕は何も悪いことはしていないっ!!　全部全部、ザイード殿下の意思に従っただけでっ……!!」

「それが罪だと、まだわからないのかしら？」

コーデリアはため息をつき、牢の向こうのトパックを見た。

「誰かの命令に従うこと、流されて生きること。それが必ずしも悪だとは、私はそう思わないわ」

「ならどうしてっ……!!」

「従う相手を間違ったからよ。あなたがプリシラと出会うまで平穏に、それなりに常識人として生きてこられたのは、両親の意思に従っていたからでしょう？　あなたは伯爵家の跡継ぎとして期待されていなかったと嘆いていたけど、裏を返せばそれは、跡継ぎとしての教育や重圧を負わなくても良かったということよ」

「それが、今何の関係があるっていうんだ⁉」

「わからない？　あなたのご両親は足りなかった部分はあれ、確かに息子であるあなたのことを愛してくれていたの。でも、ザイードやプリシラは違うわ。二人とも、自分自身しか愛せない人間よ」

「自分自身しか愛せない……」

「そんな二人が、あなたの幸せを考えるわけないでしょう？　その事実に気づこうとせず、甘い言葉に流される選択をした時点で……あなたはどうしようもなく間違ってしまったのよ」

コーデリアは告げつつ、トパックの両親の嘆きを思い出した。

『婚約破棄に引き続き、またも息子が迷惑をおかけし申し訳ない限りだ』

『甘く頼りないところのある息子に、しっかり者で政治感覚に優れたあなたが伴侶《はんりょ》になればと、そう望んだ婚約だった』

『だがそこで、あの馬鹿息子は妹君に目移りしてしまった』

『あなたには申し訳ないと思いつつ、息子の望みならばと、婚約破棄を認めてしまったんだ』

『それがとんでもない過ちだったと、今では深く思い知っているよ……』

『そして一つ、頼みがある。こんなことを願える立場ではないとわかっているのだが……』

すっかり憔悴《しょうすい》しうなだれるトパックの両親は、見ていて辛《つら》いものだった。

「トパック、今日私がここに来たのは、あなたのご両親に頼まれたからよ」

「父上たちに……？」

「あなたはこれから生涯、誰と会うことも許されず牢に入れられるわ。だから最後に、ご両親に伝える言葉を聞きに来たの」

「っ……‼　なら伝えてくれっ‼　早くこんな牢から出してくれ‼　父上たちが本気で僕を愛しているならできるはずだろう⁉」

「……本気で言っているのかしら？」

「当たり前だ‼　可愛《かわい》い息子が罪人扱いされてるんだぞ⁉　親として助けるのが当然だろう‼」

「言いたいことがそれだけなら、私は帰らせてもらうわね」

牢から背を向けると、トパックの懇願と、そして罵《ののし》り声が響いた。

コーデリアは、トパックの両親の言葉を思い出す。

『息子が牢に入れられるのは身を切られるように辛いが……。だが、息子は許されざる罪を犯したんだ。きちんと罰を受けさせることこそが、きっと息子への最後の愛なのだろうな……』

そんな両親の思いを踏みにじるように、トパックの罵声《ばせい》が背中を追いかけてくる。

流され続け、都合のいい言葉しか聞こうとしなかったトパックは、ついには牢獄へと流れ着いたのだった。

◇◇◇◇◇◇◇◇◇◇◇◇◇◇◇◇◇◇◇◇

トパックの牢を後にしたコーデリアは、屋敷へと帰宅し妹の部屋へ足を向けた。

「いらっしゃい、コーデリアおねえ様。きょうはなにをしてあそんでくれるの？」

幼子のような笑みが、妹から向けられた。

無邪気で朗らかであどけなく——幼子そのものの表情だ。

(やはり、何も思い出してはいないようね)

あの日、目を覚ましたプリシラは記憶を全て失ってしまっていた。

髪は残らず燃え落ち、額の一部にも火傷が残ってしまったのだ。自身の美貌に絶対の自信を持つプリシラにとって、それは耐え難い苦痛だったに違いない。痛みと衝撃に耐えかね、プリシラは記憶と正気を手放してしまったようだった。

(……つまり、私が十五年間接してきたプリシラは、死んだも同然ということ……)

今のプリシラに鏡を近づけると、酷く暴れ手が付けられなかった。

どうやら、火傷の跡の残る自らの額を認めることを、本能的に拒絶しているらしい。

医師の見立てによれば、記憶が戻るかは五分五分らしいが、

(プリシラはもともと、自分に都合のいいことしか見ようとしなかった性格だもの……)

この先妹が記憶を取り戻す可能性は薄いと、半ば以上コーデリアは確信していた。

そんな妹の様子を観察しつつ、絵本などを読んでやっていたところ、

「コーデリアっ!! 何をしに来たのよっ!? またプリシラを傷つけるつもりっ!?」

母が怒鳴り込んできた。

少し前までは、プリシラと姉妹と間違われるほど若々しかったが、今や眼窩《がんか》が落ちくぼみ深いしわが刻み込まれ、祖母と言われた方がしっくりくる老け込み方だった。

「出ていって!!　私にプリシラを返しなさいよっ!!」

「――――そこまでにしておけ！　コーデリアに当たり散らすんじゃない！」

こちらも一気にやつれた父が、コーデリアへと掴みかかる母の腕を掴んだ。

プリシラは状況が理解できず、ただ母の剣幕に怯《おび》え縮こまっていた。

「コーデリア、おまえは何も悪くないんだ。罪があるとしたら、プリシラを甘やかした私たち両親と……そして嫁姑《しゅうとめ》間のすれ違いに気づかなかった、夫である私だからな……」

「お父様……」

「幸い、プリシラはおまえの妹であるということ、トパックと違い偽証には加わっていないこと、……そして火傷という罰を受けていたことで、謹慎程度で留《と》め置かれたんだ。これからはしっかりと私がプリシラを見張るつもりだ。だからこちらのことは気にせず殿下と――――」

「許さないわっ!!」

母が叫び、父の手を振り払い飛びかかってきた。

「私からプリシラを奪ったあなたが!!　お義母様そっくりのあなたが!!　憎いあなたが幸せになるなんて絶対に許さな――――っ!!」

「奥様、いい加減になさいませ」

きっちりと髪を整えた使用人たちが、母を取り押さえ口をふさいでいた。

二人の男性使用人、そして一人の侍女が、母へと冷ややかな眼差《まなざ》しを向けている。

領地の屋敷で働いていたところを、コーデリアが呼び寄せた使用人たちだった。

「コーデリアお嬢様、遅れてしまい申し訳ありませんでした」

「ありがとう、助かったわ。無茶を言って呼びつけてしまって、ごめんなさいね」

「お嬢様のお力になれるなら本望です」

そう言って、コーデリアへと礼をする使用人たち。彼らはみな優秀で、領地での雑務の一部を任せていたのだ。

そんな多忙なところを、王都の屋敷へと出張してくれたのだから、感謝してもしきれなかった。

「よぅ、コーデリア。久しぶりだな」

「ごきげんよう、ジスト。あなたも来てくれたのね」

朗らかに挨拶《あいさつ》してきたのは、従兄《いとこ》の青年。父の姉の次男であり、二つ年上のジストだ。彼には昔から可愛がってもらっており、コーデリアにとって兄のような存在だった。

「伯爵領の引き継ぎのために、色々打ち合わせしなきゃいけないだろう？　おまえは忙しいだろうし、俺の方から来ることにしたんだ」

「ありがとう、本当に助かるわ」

「……念のためもう一度聞くが、伯爵家の後継者は、本当に俺で大丈夫なのか？」

「えぇ、問題ないわ。人柄も領主としての資質も信頼しているし……。最大の障害だった私のお母様の反対は、もう気にする必要が無くなったもの」

コーデリアはほろ苦く笑い、自分とジストへと憎しみのこもった瞳を向ける母を見た。

母は父方親族とみな仲が悪く、ジストのことも嫌っていた。

コーデリアの祖母は父の教育には失敗していたが、父の姉と妹は、立派な淑女として育て上げている。父親の姉妹は祖母と仲が良かったし、コーデリアのことも可愛がってくれていた。

父方親族は、コーデリアとプリシラを差別する母へ、何度も苦言を呈していた。

しかし父が、「愛想のいいプリシラを、妻がより可愛がってしまうのは仕方ない。口うるさい親族から、妻を守れるのは自分だけだ」と斜め下方向にはっちゃけ、その忠告を聞き入れようとしなかったのである。

そんな父も、さすがにレオンハルトの言葉を聞き入れ改心したようであるが、それもレオンハルトが王子という地位にあったからこそに違いなかった。

「……おまえの母親はこれから、領地の別邸で軟禁だからな。俺もしっかりと監視するつもりだから、安心していてくれ」

「厄介ごとを押しつけてしまって、申し訳ない限りだわ……」

「おまえの十八年間の苦労を考えれば安いものだ。おまえの母親とはいえ、あの女はどうしようもない人間だったからな……」

眉をひそめるジストに、コーデリアは苦い記憶を思い出した。

『なんであなたが無事なのっ⁉　プリシラの代わりに、あなたが髪を焼かれれば良かったのにっ‼』

火傷を負ったプリシラを見た母は狂乱し、コーデリアへと熱い紅茶を浴びせかけようとした。

憎悪に歪んだ顔は醜く、とても腹を痛めて産んだはずの娘へと向ける目とは思えないものだった。

使用人たちに制止されてなお、娘へと呪詛《じゅそ》を吐き続ける母の姿に、さすがの父も目が覚めたらしい。

妻を盲目的に愛することはなくなり、責任を取って妻とプリシラを引き取り、領地の別邸の中で生涯面倒を見ると決めたのだ。

「コーデリア、おまえはあの家族たちに囲まれ、十八年間努力と我慢をしてきたんだ。後のことは俺に任せて、レオンハルト殿下の元に行くといい。殿下のおまえへのご寵愛《ちょうあい》はたいしたものだと噂《うわさ》になっているくらいだから、きっと大切にしてもらえるはずだ」

そう言って頭を撫でるジストの手の下で、コーデリアは複雑な顔をしていた。

ジストの応援は嬉しい。とても嬉しい。

だが、レオンハルトから自分への溺愛《できあい》が、王都の外でまで噂になっていると聞くと、やはり気恥ずかしいものだった。赤くなりそうな顔を誤魔化すため、コーデリアは口を開いた。

「ありがとう、ジスト。だけどごめんなさい、少し中座させてもらうわね。この後少し、客人に会う予定になってるの」

「あぁ、わかった。ちなみに誰に会うんだ？　まさか殿下にお会いするのか？」

「いいえ、違うわ。裏切り者……かもしれない人間よ」

「裏切り者とは、また物騒だな。俺も同席しようか？」

「大丈夫よ。相手と二人っきりで、じっくりお話したいことがあるもの」

にっこりと笑って言うと、ジストが目をそらした。

「……おまえはそうやって笑っている時が、一番恐ろしいかもしれないな。邪魔するつもりはないから、思う存分語り合ってくるといい」

「ありがとう。それじゃあ、失礼させてもらうわね」

ジストに手を振りつつ、コーデリアは部屋を出た。

するとその背中を追うように、低くくぐもった母の怨嗟《えんさ》の声が響いた。

「……さようなら、お母様。愛したかったし……愛されたかったです」

最後までわかりあえなかった母へと別れを告げ、コーデリアは歩き出したのだった。

◇◇◇◇◇◇◇◇◇◇◇◇◇◇◇◇◇◇◇

「――――それにしても、ずいぶん驚いたわね」

応接間でヘイルートと向き合いながら、コーデリアは口を開いた。

「まさかあなたが、レオンハルト殿下の部下だったなんて、殿下に教えられるまで全然気づかなかったわ」

「敵を騙すには味方から、ってやつですかね？」

「それはちょっと違う気がするわ……」

正体を明かしてなお、ヘイルートはいつも通り飄々《ひょうひょう》と笑っていた。

「トパックたちに拉致された日、殿下が私の元に駆け付けることができたのも、あなたのおかげということかしら？」

「そんなところです。あの日、コーデリア様を訪ねたらもぬけの殻で慌てましたよ。どうにかトパックの馬車の行方《ゆくえ》を突き止めた、オレのことを褒めたたえるといいと思います」

得意げに胸をそらすヘイルートに、コーデリアは深く頷いた。

「ええ、そのことはとても感謝してるわ。あなたのおかげで、私も殿下も助かったんだもの」

「うっ……そこで真面目《まじめ》に返されると、それはそれでこそばゆいですね……」

頭をかくヘイルートに対し、コーデリアは姿勢を正し問いを重ねた。

「……あなたが私に近づいてきたのは、殿下の指示だったのよね？」

「ええ、そうです。コーデリア様に近づき危険が無いか調べ、殿下にお知らせするのが俺の仕事でしたが、途中からは趣味も兼ねてましたね。騙しててあれですが、オレなりに友情を感じてたのは本当ですし、見逃してくれません？」

「そうね、私も友人を失いたくはないけど……。でもいったい、殿下に私の何を報告してたのよ？まさか、私の秘密や、恥ずかしいことを告げ口したりしてないわよね？　……もしそうなら、裏切者として全力で軽蔑《けいべつ》するわよ？」

笑顔を浮かべつつ睨んでやると、ヘイルートが両手を上げ降参する。

「わ、そんな怖い顔をしないでくださいよ。オレが殿下に伝えたのはコーデリア様の安全にかかわる事柄と、コーデリア様のお菓子の好みくらいですから」

「……本当にそれだけ？」

「オレが言っても説得力はないかもしれませんが、殿下のことは信じてやってください。コーデリア様の身を案じてのこととはいえ、一方的に監視をつけるような行いを、殿下も負い目に感じていましたからね。……だからこそ、コーデリア様のことを根掘り葉掘り聞くのでは無く、ちょっとしたお菓子の好みを知るくらいで満足してたんですよ」

どうやら、ヘイルートは主君のレオンハルトのことを、それなり以上に慕っているらしい。

「……わかったわ。それについては納得するけど、少し不思議ね。あなたのような自由な人間が、殿下相手とはいえ王族の部下をやってるなんて、正直意外だったわ」

「……オレは、殿下と同じだからですよ」

「殿下と、同じ？」

「こういうことです」

「っ!!」

ヘイルートの瞳が金色に。

瞳孔《どうこう》が人にはありえない、縦に細長いものへと変化していた。

「その瞳は……蛇？」

「ご名答です。もっとも殿下と違い、蛇そのものの姿には変化できませんがね」

「……殿下から、自分と同じような先祖返りが複数いるとは聞いていたけれど」

まさかこんな身近にいるとは驚きだ。

「……どうも、オレの母方を何代か遡《さかのぼ》ると、東の砂漠へと行き着くらしいです。あちらの国では人に姿を変えた蛇の精霊の伝承が、まことしやかに語り継がれているようですからね」

「でもヘイルート、あなたの外見は、この国の人間そのもので……」

「突発的かつ部分的な、先祖返りってやつですかね？　オレだってこの蛇の瞳が発現しなかったら、母方の先祖なんて調べようと思いませんでしたよ」

「……あなたの両親も、その瞳のことを知っているの？」

「知っていますよ。受け入れてはくれませんでしたがね」

ヘイルートがへらりと笑った。

「ま、それも当然ですね。両親には蛇の瞳を隠すよう言いつけられ、俺も従っていましたが……ある日殿下にバレてしまったんです」

「それはもしかして、殿下のみが感じられる『匂いのようなもの』で感づかれたということ？」

「その通りです。どうもオレの匂いとやらは、他の人間とは違っているようで、結果的にオレと殿下は互いに先祖返りであると知り、今に至るということです。ほらお互い、自分の秘密を明かせる相手ってのは貴重でしょう？　殿下はオレの瞳を気味悪がることも無く友人のように接してくれましたし、そんな殿下のためなら、ちょっくら間諜《かんちょう》の真似ごとを請け負うのも、やぶさかではないと言うやつです」

ヘイルートが肩をすくめた。

「ま、間諜やるのに都合のいいことに、オレの先祖返りの能力が役立ったってのもありますね」

「……ひょっとして殿下のように、炎を操ったりできるの？」

「いやー、あんな派手なのは無理ですよ。でも、地味に人より身体能力は高いですし、特殊な視覚も持っていましたからね」

「視覚ということは、人には見えないものが見えるのかしら？」

「見える、というのともちょっと違って、眼球というより、唇やその脇《わき》で感じているいうか……でも、あえて近い感覚を上げれば視覚というか……」

「……よくわからないわね」

「ですよねー。オレも上手く説明できませんが、とにかくそのおかげで、この前コーデリア様が隠し部屋にいるのもわかったんですよ」

「……どういうこと？」

「オレは殿下から、隠し部屋の扉が屋敷の中からバレないかどうか、念のため確かめてくれと言われたんです。それで、入り口がどこにあるのか探していたら、」

「その特殊な視覚で、隠し部屋の位置が正確にわかったということ？　確かにそれはすごいわね」

扉の壁への偽装はしっかりしてあったし、防音にだって気を使っていたはずだ。それに気づいたヘイルートの視覚には、どのように偽装が映っていたのだろうかと気になった。

「オレのこの感覚って、言葉にするなら『熱を見る』ってのに近いと思うんですよ」

「熱を見る……」

「直接手で触れなくても、その物体が温かいのか冷たいのかわかるんです。さすがに分厚い城壁ごしじゃ無理ですが、屋敷の中の壁ぐらいなら、その向こうにある熱源、人の体温を察知することができるんですよ」

「それはまた、間諜をやるのに便利そうな能力ね……」

その気になれば、様々な用途に使えそうな感覚だ。コーデリアの理解を飛び越えているが、実際に隠し部屋を見つけているヘイルートは、立派に使いこなしているようだ。

「『熱を見る』、か……。説明してもらっても、私には全然想像できない感覚ね」

「強引に視覚化するなら、オレが趣味で描《か》いてる絵に近いです」

「……あの、色彩が乱舞してる絵に？」

以前見せてもらった絵を思い出す。人の肌が赤く、髪が青にといった具合に、常人の感性からはかけはなれた配色の物だったはずだ。

「そうです。俺は元々、殿下にお会いしなかったら、画家一本で生きていくつもりでしたからね。画家として名を上げ、俺の絵を有名にし多くの人間に見てもらって……そうすることで、いつか同じような『熱を見る』能力を持った人間に、出会えないかなと期待しているんです」

「……そうだったの。同じ視界を共有できる人間を、あなたは探していたのね……」

レオンハルトの『匂いのようなもの』。そしてヘイルートの『熱を見る』感覚。

一見すれば便利な能力だが、本人は誰とも、自身の感覚を共有することができないのだ。

(それはきっと、少し寂しいことなのでしょうね……)

だからこそ、レオンハルトとヘイルートは、身分を超えて親交が続いているのかもしれない。

二人の持つ特殊感覚はそれぞれ違うものだが、それでも常人とは異なる感覚を持つ者同士、親近感を覚えていたのかもしれなかった。

「ま、そう悲観することでも無いですがね。世界は広いって言うでしょう？　この国にはいなくても、他の国になら可能性はあります。獣人なんかの中には、ひょっとしたらオレと同じ特殊感覚を持つ人間もいるかもしれれません」

「獣人……」

「今日はね、オレ。お別れを告げに来たんです。殿下とコーデリア様が無事くっついたことですし、今度は獣人の多く住まう、ヴォルフヴァルト王国へ行ってみる予定なんです」

「……寂しくなるわね」

「お土産《みやげ》を期待していてくださいね？」

「無事に帰ってきてくれたら、それが一番のお土産よ」

「……嬉しいことを言ってくれますね」

ヘイルートは縦長の瞳孔を細めると、いつもの軽い笑みを浮かべたのだった。

◇◇◇◇◇◇◇◇◇◇◇◇◇◇◇◇◇◇◇◇

「これでコーデリア様とも、しばらくの間お別れですか……」

伯爵邸からの帰り道、ヘイルートは一人呟いた。

陽《ひ》はまだ高く、ヘイルートの内心とは裏腹に、空は明るく晴れ渡っていた。

「今まで嘘をついていたオレを、友人として受け入れてくれたコーデリア様はさすがの器ですが

……」

友人、という言葉に、ヘイルートの胸は鈍く痛んだ。

――コーデリアとの出会いは、レオンハルトからの頼みごとを受けてのものだ。

最初は仕事の一環、ただの護衛対象のようなものだったのだが。

(惹《ひ》かれちゃったんだよなぁ……)

聡明な彼女との会話は楽しくて、伯爵家を背負う強さの奥にある弱さや優しさに気づいた時には、もう手遅れだったのだ。

恋心を自覚したヘイルートだったが、彼女は主であるレオンハルトの思い人だった。

(殿下もコーデリア様も、オレにはもったいない大切なお方だ。……幸い二人は、オレのこの思いに気づいていないようだったしな)

細心の注意を払い、隠していた甲斐《かい》があるというものだ。

ヘイルートにとってレオンハルトは、主君であると同時に友人のような存在だった。彼の思い人であるコーデリアを奪うような真似はできなかったし、恋心を表に出す気も無かった。

だからこそ、二人が結ばれることも歓迎だったのだが――

(失恋は、思ったより堪《こた》えるものなんだな……)

――それでも、今は少しだけ。

彼ら二人の恋を、間近で見続けるのは辛かったから。

いつか心の底から、コーデリアたちを祝福できるようになるためにも、

「さてっと、ヴォルフヴァルトに行く以上、顔料も補充していかなきゃいけないですし、忙しくなり

ますね」

――蛇の瞳を持つ画家は、告白する前に終わった恋に別れを告げたのだった。

◇◇◇◇◇◇◇◇◇◇◇◇◇◇◇◇◇◇◇◇

「聖女様だ……」

「彼女が、あの……」

「レオンハルト殿下のお心を射止めたという……」

王宮にやってきたコーデリアの耳を、いくつもの呟きがかすめていく。

かつて、レオンハルトと出会った日の舞踏会のように。貴族たちに姿を観察され、話の種にされるのは慣れていたが、今はあの頃とは少し異なる点がある。

畏怖、尊敬、そして打算含みの称賛。

かつて嘲られ憐《あわ》れまれるだけだった自分への反応は、真逆と言っていいものだった。

(思えば、かなり遠くに来たものね……)

四度も婚約破棄をされた令嬢として嘲笑《ちょうしょう》の的になっていたのは、まだほんの二か月前の話だ。

それが今や、コーデリアを取り巻く状況は一変していた。

『獅子の聖女』

聖獣を従えたコーデリアは、獅子であった初代国王の加護を受けた聖女の再来と歓迎されていた。

身にまとうドレスも、祖母や妹のお下がりではなく、新たに仕立てられた白と金のドレスだ。絹を贅沢《ぜいたく》に使いドレープが作られ、けぶるようにレースが重ねられている。歩くたび、金糸の刺繍《ししゅう》と縁取りが煌《きら》めき、上品な華を添えている。王家から贈られたドレスは、文句のつけようのない高級品であり、コーデリアの体型にも合わせられていたが、どうしても落ち着かないのだった。

(聖女とか……我ながらその呼び名はないわ……)

コーデリアは遠い目をした。

恥ずかしいことこの上ないが、今更否定するわけにもいかないのが辛いところだ。

聖獣の正体がレオンハルトであると公表することはできないし、そもそも現在の状況は、ザイードを排除するためとはいえ、コーデリア自身のした行為が原因だった。

――あの日黄金の獅子を従え、聖剣を手に、いくつもの奇跡としか言えない事象を引き起こしたコーデリア。

現在の魔術師が数十人がかりでようやく扱える強力な炎を、咆哮一つで操る獅子とコーデリアを、人々は聖獣と聖女と崇《あが》め奉《たてまつ》っていた。

そのおかげで、王子であるレオンハルトとの婚約が認められやすくなったのはありがたいが。

(自分でこの状況を作り出しておいてあれだけど、掌返しがすごかったのよね……)

婚約破棄の件であざ笑ってきた人々が、まるでそんな過去など忘れたかのように、媚《こび》を売ってくることも多かった。

そして巷《ちまた》では、『コーデリアが四度までも婚約破棄を経験したのは、いずれ王太子であるレオンハルトと聖女が結ばれるよう、聖獣様の力が働いたからである』という説がまことしやかに囁かれていて、コーデリアとしては苦笑いするしかなかった。

(それに、私の過剰なまでの聖女扱いは、ザイードの悪行から目をそらさせるためでもあるのよね)

ザイードは公には死亡扱いで、王族からも除外されていたが、彼の悪行が無かったことにはならなかった。当時王太子であった彼が、嫉妬《しっと》心で多くの人間を巻き込み、新運河の要である水道橋を壊そうとしたのは、王家にとって都合の悪い醜聞だ。

このまま放置すれば、次期国王となるレオンハルトの治世にも差し障るだろうと、コーデリアを大々的に聖女扱いし宣伝することで、国民の関心をそらそうという思惑だった。

(私の聖女扱いも、政治の一環というものなのだろうけど、やはり少しすっきりしないわね)

だが、レオンハルトの求婚を受け、ゆくゆくは王妃になるということは、そういった駆け引きや、清濁併《あわ》せ呑む器量が必要になってくるということだ。

伯爵領の統治を自分なりに頑張っていたが、一国の頂点に立つということは、求められる責任も能力も比べ物にならないということ。

あっさりと掌を返す貴族たちを御しつつ、国の未来を担っていかなければならないのだ。

(重いわね……)

正直、まだまだ不安でいっぱいだったけれど――

「コーデリア！」

「殿下、なぜここに？」

「仕事を早く終わらせてきた。今日は久しぶりに、君に会える日だったからね」

軽く言っているが、レオンハルトとて王太子となったことで、仕事に忙殺されていたはずである。

こうして顔を会わすのだって、ザイードとの一件があった日以来だった。

「殿下、お気持ちは嬉しいですが、ご自愛ください。無茶はなさらないで欲しいです」

「君のためなら、これくらい無茶の範囲に入らないよ」

……爽《さわ》やかな笑顔で言い切られてしまった。

コーデリアが言葉を返しそびれていると、レオンハルトが近づいてくる。

「それじゃぁコーデリア、さっそく抱き上げさせてくれ」

「……殿下のお言葉は、時々意味がわかりません」

「右足、まだ痛みが残っているだろう？」

「大丈夫です。痛みはほとんど消え、気にならない程度です」

「俺が気にする」

「……歩行には差し障りありません」

「でも、痛いものは痛いだろう？」

コーデリアは視線をそらした。

全快したように振る舞ってはいるが、歩くと痛いのは本当だ。

そしてコーデリアについて、どんな些細《ささい》なことも見逃さないのがレオンハルトだった。

「君が一人で歩けるのだとしても支えたいと、俺はそう思うんだ。……その痛みが心のものであれ体のものであれ、痛みを和《やわ》らげ少しでも多く君の笑顔を見ることが、俺の何よりの望みなんだよ」

「殿下……」

コーデリアは胸を詰まらせた。

こちらの頑張りを認めてくれて、その上で甘えていいと言ってくれるなんて。

(つい頼って、甘えたくなっちゃうじゃない……)

レオンハルトを王妃として支えると決めたのに、これでは本末転倒《ほんまつてんとう》だ。嬉しいやら恥ずかしいやら、コーデリアが内心葛藤《かっとう》していると、レオンハルトに手を握られてしまった。

「抱き上げられるのが嫌なら、物陰で獅子の姿に変わった後、君を背中に乗せて――」

「人間の姿のままでお願いします」

コーデリアは即答した。

王宮で獅子の姿のレオンハルトに騎乗など、『聖女』の名を宣伝するような行いだ。

今でさえ、『聖女』などという器ではなく参っているのだから、避けるべき事態だった。

腕を伸ばしてきたレオンハルトに身を預けると、体がふわりと宙に浮いた。腰と膝裏に腕が回され、間近に美しいレオンハルトの顔が迫るこの体勢はもしや、

(……お姫様抱っこというやつでは……？)

気づいた瞬間猛烈に恥ずかしくなるが、既に後の祭りだった。

上機嫌なレオンハルトに抱き上げられ運ばれていると、耳元に呟きが落とされる。

「『聖女』という呼び名だが、俺はそう恥ずかしがるものでも無いと思うよ」

「……どう考えても、私には不相応な呼び名です」

「君は両親の影響か自己評価が低いようだが……。その知性や優しさ、国を思う心は褒められ、認められるべきものだと思う。それに……」

「それに？」

「君が『聖女』になってくれたおかげで、兄上の蛮行《ばんこう》を止められ、今こうして、堂々と君を抱き上げ甘やかすことができるんだ。そう思うと、君が『聖女』になってくれて良かったと、心の底から感謝したくなるんだ」

レオンハルトの翡翠《ひすい》の瞳が、甘い光を宿し蕩《とろ》けた。

本当に嬉しそうに笑う彼に、コーデリアも思わず釣られ、小さく唇が笑っていた。

（『聖女』なんて柄じゃないとわかっているけど……）

彼と共に歩む助けになるのなら、『聖女』という呼び名も、そう悪いものでも無いと思えた。

自分が聖女と呼ばれる資格などあるのか、王妃が務まるかどうか不安だったけれど――

（レオンハルト殿下と一緒なら、きっと大丈夫よ）

――そう信じ、『獅子の聖女』は微笑んだのだった。

終章　「私は殿下のまたたびです」

レオンハルトに抱えられ、王宮内にある彼の一室へと下ろされた後。

コーデリアは一つ、聞きそびれていた事柄を思い出した。

「そういえば殿下、気になっていたことがあるのですが」

「なんだい？」

「殿下と舞踏会で出会った日、ワインの跳ねた私の手袋を、殿下は持ち帰られましたよね？　あの手袋、今どこにありますか？　あの程度の汚れなら十分再利用できますし、よかったら返していただけませんか？」

そもそも、あの手袋をレオンハルトが回収したのは、コーデリアと再会するための口実としてだ。手袋がその役割を果たした以上、返してもらっても問題ないはずなのだが――

「殿下？　なぜ目をそらすのですか？」

「なんのことかな？」

「……怪しさがあからさますぎます。捨ててしまわれたのですか？」

「まさか!!　君の手袋だぞ？　そんなことするわけないじゃないか」

「ならば、返していただけませんか？　それともまさか……」

コーデリアはじっとりとした視線を向けた。

「獅子の姿の時、私に体をすり寄せていたように、手袋に頬《ほお》ずりなさっていたのですか？」

「誤解だ‼　後者はさすがに人としてまずいだろう⁉」

「……ではなぜ殿下から、手袋を返していただけないのですか？」

再び問いかけると、レオンハルトが小さく呟《つぶや》いた。

「……またたびだからだ」

「……またたび？」

首を傾《かし》げるコーデリアへ、レオンハルトが語りだす。

「俺は人と獅子《しし》、二つの姿を取れるが、ずっと人の姿のままでいると息が詰まるようで、衝動的に獅子の姿に変化してしまうんだ」

「それを避けるため、定期的に人目の無い場所で、獅子の姿になる必要があったと？」

「だいたいそんなところだ。……そして君も知っている通り、獅子の姿になると理性の抑えが弱くなるんだ。自室で仔《こ》獅子の姿になったはずが抜け出して、人の姿に戻ったら城下町にいた、なんてことが何度もあって……。だからこそ俺は、たとえ王宮の外で一人になっても最低限自衛できるよう、剣の腕を磨いたんだ」

「ご苦労なさったのですね……」

レオンハルトは剣術の名手だと聞いていたが、まさかそんな裏事情があったとは驚きだ。

「ヘイルートと出会ってからは、事情を知る彼に、仔獅子になった俺の姿を見張ってもらっていたのだが、いつも彼に迷惑をかけ悪いと思っていた。……だから、君からもらった手袋を、またたびとして使わせてもらったんだ」

「……えぇっと、つまり、殿下の私室に私の手袋を置いておけば、獅子の姿になっても、外に出ていかなくなったということですか？」

「そういうことだ。誓って手袋に頬ずりなどしていないと、これを見てもらえばわかるはずだ」

レオンハルトは書物机の引き出しから、小さな箱を取り出した。

箱の中には、見覚えのある手袋が、綺麗《きれい》に折りたたまれ入っている。

「この箱に鍵《かぎ》をかけておけば、獅子の姿になっても指一本触れられないから安心して欲しい。……手袋を、またたびとして持ち続けることを許して欲しいんだ」

「……またたびとして、ですか」

手袋を返そうとしないまさかの理由に、コーデリアはくすりと笑った。

「だったらやはり、返してください。殿下にはもう、手袋は必要ないはずです」

「必要ない？」

「私がいます。殿下が獅子になった時、私がいればどこにも行かないでしょう？」

だって、私は殿下のまたたびなんですから、と。

そう笑い照れながらも、レオンハルトを見上げると、

「……あぁ、約束する。もう手放せないんだ」

翡翠の瞳が蕩け、やがて視界いっぱいに広がり、

「必ず幸せにすると誓うよ。だから――――」

――コーデリアの唇へと、レオンハルトの唇が重なったのだった。

書き下ろし番外編　「香水と獅子と」

「良し。今なら、外には誰《だれ》もいなそうね」

屋敷の門柱から、コーデリアはそっと外の様子を窺《うかが》っていた。

屋敷に面した通りに、待ち構えている人間はいなそうだ。

（面倒だけど、確認しておかないと大変だものね……）

コーデリアはここ二十日間ほどの出来事を振り返った。

舞踏会でレオンハルトに迫られ、その後カトリシアとの一件もあったことで、コーデリアは社交界の噂《うわさ》の的だった。

（新しい手袋を届けてもらった日以来、「人間の姿では」殿下は屋敷にいらしていないけど……）

今もなお、コーデリアへの注目は収まらなかった。

噂の真偽を探るため。そしてあわよくば、コーデリアを介してレオンハルトと懇意になろうと企《たくら》む人間たちに、コーデリアは付きまとわれているのだった。

「……でも、今なら大丈夫。馬車を出してもらえるかしら？」

「かしこまりました」

御者に命じると、素早く馬車へと乗り込んだ。

今日はとある用事で、友人の元を訪ねる予定だ。

道中で邪魔が入らないように、さっさと移動をすませたかったのだが――

「お嬢様、前方に、一台馬車が待ち構えております」

目的地である友人の屋敷に着く直前、御者が警告を発した。

「……また、ディートルン子爵ね」

馬車の窓からのぞくと、見覚えのある紋章を掲げた馬車が、友人の屋敷の斜め前に陣取っていた。

ディートルン家は子爵ながら、有力伯爵家とも縁を結んでいる一門だ。

伯爵令嬢とはいえ、妹のプリシラの浪費が原因で弱小貴族に片足を突っ込んでいるコーデリアでは、無下にできない相手だ。

噂好きで詮索《せんさく》好きのディートルン子爵にとって、コーデリアは格好の獲物だった。

（……しまったわ。今日は自宅の前で待ち構えていなかったから、つい油断してしまったけれど……）

代わりに、ここでコーデリアを今か今かと待っていたのだ。

伯爵令嬢であるコーデリアが、自ら足を運ぶ場所は限られる。

相次ぐ婚約破棄で腫《は》れ物扱いされているおかげで、コーデリアには友人と呼べる相手も少なかった。

数少ない友人の家の前で、待ち伏せされていたようだった。

「お嬢様、どうなさいますか？」

「……出直すのも二度手間ね。仕方ないから、少しディートルン子爵とお話しすることにするわ」

外では、樽《たる》のような体型のディートルン子爵が、馬車から降りてにやにやと待ち構えていた。

（ディートルン子爵の言動は、遠慮がなくて苦手ね）

彼に会うと、いつもコーデリアは質問責めにされるのだ。

レオンハルトとの関係。カトリシアとの軋轢《あつれき》。それに、幾度も妹に婚約者を奪われた件について。

土足で人の事情に突っ込んでくる彼の相手は、正直とても面倒だ。

往く手で手ぐすねを引いているディートルン子爵を、無視することは難しそうだったが――

「うぉっ⁉」

突如、ディートルン子爵が足を押さえた。

何事かと見ていると、ディートルン子爵の馬が足踏みを始める。

荒く息を吐き出し動揺する馬と、転んでしまったディートルン子爵に、子爵の御者もあたふたとしているようだった。

（急にどうしたのかしら？　でも、今が好機ね）

彼らに呼び止められない今のうちに。コーデリアは馬車を速め、友人の家の門を潜《くぐ》らせたのだった。

◇◇◇◇◇◇◇◇◇◇◇◇◇◇◇◇◇◇◇◇

「くそっ‼　なんなのだこれは⁉　あの子娘を、素通りさせてしまったではないか‼」

丸々とした体で、ディートルン子爵は怒りをまき散らかしていた。

そんな彼の姿を、少し離れた建物の陰から、静かに観察している人影があった。

「よしよし、っと。コーデリア様の馬車は、無事通り抜けられたみたいですね」

小声で呟《つぶや》いたのはヘイルートだ。

手には、デッサンで用いる木炭の欠片《かけら》を持っている。

先ほどディートルン子爵にぶつけたのも、小さく割った木炭の欠片だ。

怪我《けが》はさせないように気をつけつつ、小指の先ほどの欠片を、脛《すね》にぶつけて転ばせたのだった。

(ディートルン子爵には悪いが、コーデリア様にまとわりつく人間を監視するよう、殿下に頼まれているからな)

ヘイルートは秘密裏に、王子であるレオンハルトの頼みごとを引き受ける立場だ。

それなりの報酬は用意されているし、何よりヘイルート自身、コーデリアのことを心配していた。

(まったく、コーデリア様も災難だな)

今までは腫れ物扱いで遠巻きにされていたのに、レオンハルトとの縁ができた途端、有象無象《うぞうむぞう》の人間が寄ってくるのだ。

レオンハルトもコーデリアの身を案じており、密《ひそ》かにヘイルートを動かしていた。

コーデリアに近づく人間を調べ上げ、もしコーデリアへの干渉が目に余るようであれば、それとなく排除する。それが、レオンハルトからヘイルートに託された仕事だった。

ヘイルートは平民の画家だが、蛇の精霊の先祖返りでもある。

人間より優れた身体能力と、いくつかの異能を持っていた。

(お馬さん方には、もう少し騒いでもらおうか)

音も無く一瞬で。

ヘイルートの濃紺の瞳《ひとみ》が、金の瞳へと色を変える。

縦長の瞳孔《どうこう》は、ただ人ではあらざる証《あかし》だ。

金色の蛇の瞳で、ディートルン子爵の馬車の馬を睨《にら》みつけると、馬が体を震わし、怯《おび》えたように足踏みを繰り返した。

「このっ、こいつらっ、急にどうしたのだ!?」

ディートルン子爵は戸惑っている。

様子がおかしくなった馬に翻弄《ほんろう》されるうち、コーデリアに付きまとうことを諦《あきら》め、自宅へと帰ることにしたようだ。

「お仕事完了、っと」

ヘイルートが伸びをして瞬きをすると、瞳は濃紺へと戻っている。

蛇の精霊の先祖返りであるためか、ヘイルートは動物に嫌われやすかった。

犬猫には吠《ほ》えられ威嚇《いかく》されるし、鼠《ねずみ》などは近くに寄り付かない。

馬や牛といった大型の獣も、ヘイルートに金の瞳で見つめられると、怯え騒ぐものだった。

(面倒な体質だが……。コーデリア様のために役立つなら、そう悪いものでも無いかもな)

まっすぐで癖の無い、しなやかな茶色い髪のコーデリア。

その髪質と同じように、真面目《まじめ》で優しいコーデリアに、ヘイルートは一人恋をしている。

彼女のことを思うと甘く苦く、心がうずくようだった。

……思いを告げようとは思わないし、彼女と結ばれる未来を考えたことも無かったけれど。

(まぁ、それでもオレなりに、コーデリア様を支えられるなら満足ですね)

満足だと、自らにそう言い聞かせるようにして。

ヘイルートは今日も、思いを隠し続けるのだった。

◇◇◇◇◇◇◇◇◇◇◇◇◇◇◇◇◇◇◇◇◇

馬車を降り、屋敷の中へと足を踏み入れたコーデリアは、友人のジニスに出迎えられていた。

「いらっしゃい、コーデリア。うちの前にディートルン子爵が張り付いていたけど大丈夫だった？」

「無事、絡まれずここまで来れたわ。ディートルン子爵の興味が、こちらからそれた隙《すき》にね」

挨拶《あいさつ》を交わしつつ、ジニスに導かれ応接間へと向かった。

屋敷の住人であるジニスはブルネットの、コーデリアと同い年の伯爵令嬢だ。

マイペースな性格のおかげか、コーデリアとの関係が何年も続いており、コーデリアにとっては数少ない、親しく接せられる友人だ。

「今日うちに来たのは、香水がお目当てなのかしら？」

「ふふっ、その通りと言ったらどうかしら？」

「もうっ、薄情者。そこは否定しなさいよ？　私に会えて嬉《うれ》しいでしょう？　ありがたいでしょう？　ありがたくてたまらないでしょう？」

「もちろんよ、ジニス。私、ありがたすぎて泣いてしまいそうよ」

からりとした瞳《め》で、コーデリアはそうのたまった。

「もうちょっと、真剣にありがたがりなさいよ、もー。くすぐり倒して泣かせるわよ？」

「……それはちょっと、涙の理由が違うんじゃ？」

「実験してみる？」

「後で、やり返していいなら受けて立つわ」

「……それじゃ意味がないじゃない」

「私もそう思うわ」

コーデリアは頷《うなず》きつつ、友人のジニスとの軽口を楽しんだ。

一通り、とりとめのない雑談をすると、頼んでいた香水をジニスから受け取ることにする。

「その香水、殿下のためにつけるのよね？」

「……だいたい、そんなようなところね」

コーデリアは曖昧《あいまい》に言葉を濁した。

香水を嗅《か》がせる対象はレオンハルトだが、彼のためかと言われると、素直に頷けないところだった。

(だって私の目的は、香水を変えることで、私の『匂《にお》いのようなもの』が変化しないか、確かめたいんだものね)

『匂いのようなもの』。

レオンハルトにしか感じられないもので、彼がコーデリアをまたたび扱いする理由だ。

(殿下は、私の『匂いのようなもの』がたまらないと言っていたけれど……)

だからと言って、一伯爵令嬢でしかないコーデリアが、王子であるレオンハルトの求婚を受け入れることはできなかった。

香水を変え、自身のまとう『匂いのようなもの』がレオンハルトの好みから外れないかと、実験しているところだ。自分の持っている香水だけでは種類が少ないため、ジニスに協力を仰いだのだった。

「歯切れ悪いわね。そんなに、殿下に香水を気に入っていただけるか気になるの?」

「そういうわけでも無いのだけど……」

言いつつ、コーデリアは香水の瓶へと目を向けた。

レオンハルトの求婚は断っているが、彼に嫌われたいとまでは思えない。

香水を変えるのは、コーデリアの打算と実験によるものだが、香水を気に入ってもらえたら嬉しいと感じる自分もいた。

レオンハルトのことを思うと、コーデリアの心の中は矛盾していく。

胸がときめき、同時に切なさを覚えてしまうのだった。

◇◇◇◇◇◇◇◇◇◇◇◇◇◇◇◇◇◇

ジニスから借りた香水をまとったコーデリアは、自宅の隠し部屋で、レオンハルトの訪れを待つことにした。

(今回の香水は、甘い林檎《りんご》の香りね)

ふわり、と。

自身の体から漂う香りを、コーデリアは深く吸い込んだ。

林檎は、伯爵家のある領地の名産品だ。懐かしく落ち着く、甘く爽《さわ》やかな香りだった。

(殿下にも、気に入っていただけたら嬉しいわ)

「みゃうっ!!」

「わっ!!　殿下っ!?」

コーデリアは小さく叫んだ。

気づけば足元に、金色の毛玉がじゃれついていた。香水について考えているうちに、仔獅子《こじし》姿のレオンハルトが入ってきたようだ。

「ぎみゃうっ?」

「殿下、ようこそお越しくださいました」

小さな仔獅子へと、コーデリアは頭を下げ挨拶をした。

仔猫ほどの大きさの仔獅子に、礼を尽くす姿は滑稽《こっけい》かもしれないが、仔獅子の正体はこの国の王子であるレオンハルトだ。

臣下の礼をとるコーデリアに対し、仔獅子は嬉しそうにじゃれかかってきた。

ふわふわとした金色の毛に包まれた仔獅子が、嬉しそうに体を寄せてくる。

仔獅子は猫のように喉《のど》をごろごろと鳴らし、コーデリアに全身で甘えていた。

（可愛《かわい》い……）

思わず頬《ほお》が緩んでしまった。

人間の姿でも、レオンハルトはとても魅力的な容姿をしているが、整いすぎた顔立ちにはどこか気《け》圧《お》されるものがあった。

仔獅子の姿のレオンハルトは猫のように愛らしく、つい撫《な》でたくなってしまう。

「ぎゃうっ？」

『撫でてもいいんだよ？』と、言わんばかりに。

レオンハルトが膝《ひざ》の上へと乗ってきた。円《つぶ》らな緑色の瞳は、キラキラと期待に満ちて輝いている。

「……少しだけですよ？」

誰にともなく言い訳すると、コーデリアは仔獅子の背中へと手を伸ばした。

（あったかくて、柔らかいわ……）

優しい毛皮の感触が、心の中にまで染み込んでいくようだった。

撫でているとそれだけで、心が穏やかになりそうだ。

「きゃっ⁉」

ぴとり、と。

手の甲に押し付けられたひんやりとした感触に、コーデリアは肩を跳ねさせた。

手元を見ると、仔獅子の湿った鼻が、コーデリアの手の甲に触れたようだった。

（びっくりしたわ……）

驚くと、ついで猛烈に恥ずかしくなってくる。

愛らしい仔獅子の姿をしていても、その正体は麗しいレオンハルトなのだ。

(殿下の鼻が、私の手に触れてしまって……)

コーデリアは一人悶絶《もんぜつ》していた。

うっかり、人間の姿のレオンハルトで想像して、羞恥心《しゅうちしん》が爆発してしまいそうだ。

「……殿下、そろそろ、人間の姿になっていただけませんか？」

赤くなった顔を背け、レオンハルトに向かいお願いした。


「みゃう……」

子獅子は名残《なごり》惜しそうに鳴くと、コーデリアの膝から飛び降りた。

床に降り立った仔獅子の姿が、瞬きの内に溶け消える。

次の瞬間には、青のジェストコールをまとったレオンハルトが、二本の足で立っていた。

「やぁ、コーデリア。先ほどは、動揺させてしまい悪かったね」

「……お気になさらないでください。いきなり仔獅子の鼻が触れて、少し驚いただけですから」

耳たぶを赤くしながら、コーデリアは言葉を返した。

(恥ずかしいわ。殿下は、今日もいつもと変わらないのに……)

仔獅子の姿で全力でなついてきて、人間の姿で甘い瞳を向けてくる。

コーデリアにとっては畏《おそ》れ多い限りだが、それがレオンハルトの普通だ。

(香水を変えたこと、気づかれていないようね)

それとなく様子を探っていると、レオンハルトが目を細めた。

「殿下、どうかなさいましたか？」

「いや、何でも無いよ。……今日の香りも、魅力的だと思っただけさ」

言葉の後半は小声で、コーデリアの耳では聞こえなかった。

もしや何か、レオンハルトを不快にさせてしまったのだろうかと、コーデリアは不安になってしまう。

「何か私が、殿下の気分を害してしまったでしょうか？」

「そんなことは無いよ。君はいつだって、俺《おれ》の訪れを受け入れてくれているじゃないか」

「それは……」

私が殿下の訪れを待っているのは、心が浮き立つものを感じているからです、と。

そう告げそうになったが、コーデリアは言葉を呑《の》み込んだ。

口にするのは恥ずかしかったし、一線を越えてしまう気がしたからだった。

「……殿下はいつも、仔獅子の姿でいらっしゃいます。あの愛くるしい姿の殿下を、迎え入れる以外の選択はできませんわ」

本心を隠し、どうにか理由を言い繕う。仔獅子の姿のレオンハルトを愛らしいと思っているのも本当だから、嘘《うそ》にはならないはずだった。

「愛くるしい、か……。君は猫や犬といった小動物が好きなのかい？」

「ええ、好きです。可愛くて、つい撫でたくなってしまいます」

答えつつも、コーデリアはほろ苦い感情を抱いた。

過去の記憶が、蘇《よみがえ》ってしまったからだ。

「コーデリア？」

穏やかな声が、コーデリアの感情を鎮めていく。

聡《さと》いレオンハルトは、コーデリアの揺らぎに気づいてしまったようだ。

レオンハルトの瞳は、緑を映した水面《みなも》のように、静かにコーデリアを見つめていた。

「何か、話したいことがあるなら言ってくれ」

「…………」

少しの逡巡《しゅんじゅん》。

コーデリアは一つ息を吸うと、自らの過去をレオンハルトに話すことにした。

◇◇◇◇◇◇◇◇◇◇◇◇◇◇◇◇◇◇

幼い頃《ころ》、コーデリアの妹——プリシラは病弱で、いつも両親はプリシラにかかりきりだった。

コーデリアは寂しかったが、両親に自分を構って欲しいと主張することもできず、プリシラの体が治る日を祈るだけだった。

「……そんな私は、寂しさを慰めるように、猫を可愛がっていたのです」

初めは、伯爵家の屋敷に迷い込んだ野良猫だった。

幼いコーデリアは、自分よりも小さな野良猫を可愛がり、毎日構うようになったのだ。

「そして偶然にも、野良猫の方も私を気に入ってくれたのです」

大人《おとな》しい、白の毛並みの猫だった。

コーデリアは今でも、ニニと名付けたその猫のことを、しっぽの形まで、くっきりと思い出すことができる。

「春が来て夏が来て……そうして秋も深まった頃、外で木枯らしに震えていたニニを、私は部屋で飼うことにしたのです」

ニニは寒いのが苦手なのか、よくコーデリアの布団に潜り込んできた。

夜寝る時、傍らにある温《ぬく》もりは、当時のコーデリアの宝物だった。

……宝物に、なってしまったのだ。

「私がニニを可愛がっているところを、プリシラが見てしまったんです」

――――『その猫を譲ってくれませんか？』、と。

プリシラが言い出すことになったのは、当然の流れだったのかもしれない。

ニニを渡すまいと抱きしめたコーデリアだったが、所詮《しょせん》は無力な子供だ。

両親に取り上げられたニニは首輪に紐《ひも》をつけられ、プリシラの部屋に連れていかれてしまった。

「……あの時いっそ、ニニを逃がしてやればと、今はそう後悔しています」

ニニが、プリシラのお気に入りだったのは短い間だ。

プリシラが興味を無くした後、ろくにエサももらえていなかったようで、げっそりとやせ細ってしまったのだ。

「不幸中の幸いで、今にも倒れそうなニニを見た使用人が、ニニを助け出してくれました」

「……そうだったのか。その後ニニは、再び君が面倒を見たのかい？」

コーデリアは無言で首を振った。

「……祖母の知り合いの伝手《つて》を使って、弱っていたニニを引き取っていただきました。私の手元に置いていたら、またプリシラに奪われ……今度こそどうなるかわかりませんでしたから」

ニニとの別れは辛《つら》かったが、同時にコーデリアはほっとしたのだ。

プリシラと、そしてプリシラの姉である自分に、生き物を飼う資格は無いと思い知らされた。

幸い、ニニは健康を取り戻し知人宅で可愛がられていたが、会いに行くこともできなかった。もし、コーデリアがまだニニを大切に思っていると知られたら、プリシラがまたニニを欲しいと言うかもしれないからだ。

「私は猫や小動物が好きですが……だからこそ、二度と飼うまいと心に決めたのです。……あれから十年以上、まともに犬猫と触れ合った経験もなかったせいで、仔獅子姿の殿下を撫でる時、上手《うま》く力加減ができていないかもしれず、申し訳ありませんでした」

「……コーデリア、自分を卑下することはやめてくれ」

レオンハルトの手が、そっとコーデリアの掌《てのひら》を包み込む。

それは自然で何気ない動作だったから、コーデリアの反応も遅れてしまった。

「殿下……」

「仔獅子になった時、君の手はとても優しかったんだ。ずっと撫でていて欲しい。ずっと触っていて欲しいと、ついそう願ってしまうくらいね」

「ずっと、撫でていて欲しい……」

「そうだ。君の優しさが伝わってきて……。きっとニニだって、同じ気持ちだったはずだ」

レオンハルトの指が、愛《いと》おしむようにコーデリアの手の甲を撫でた。

「残念ながらニニは猫だから、人の言葉は喋《しゃべ》れなかったが……。人と獅子、二つの姿を持つ俺なら、ニニの思いを代弁することができると、そう信じてもらえないかい？」

「……そんなこと」

そんな、コーデリアにとって都合のいい言葉を。

信じてはいけないと思ったけれど。

（……殿下に言われると、信じたくなっちゃうわ）

レオンハルトはズルいと、コーデリアはつい思ってしまった。

人間なのに獅子に化けられて、強引なのに優しくて。

そんな彼の思いは、大地に降る雨のように、コーデリアの心に染み込んでいった。

（今度、ニニに会いに行ってみようかしら……）

レオンハルトの言葉に背を押され、一つの願いがコーデリアの心に灯《とも》った。

彼のおかげで、コーデリアの世界は変わったのだ。

今までこちらに見向きもしなかった父と、少しずつだが歩み寄れている。家族に向けて、わがままを言うことだってできた。

（私はもう、ニニと別れた頃の子供じゃないわ……）

理不尽なプリシラの言葉を、今なら跳ねのけることができるのだ。

あの頃から十年以上経《た》ち、ニニはコーデリアを忘れているかもしれないけど、もう一度、真っ白な毛皮を撫でたくなった。

そう思い、コーデリアが願いを取り戻せたのは、きっとレオンハルトのおかげだ。

「……殿下、ありがとうございます。殿下に出会えて、本当に良かったと思います」

思いを告げ微笑《ほほえ》むと、レオンハルトの笑顔が硬まった。

「殿下……？」

「……その言葉と表情は反則だ」

レオンハルトは顔を背けると、コーデリアの手を放し立ち上がった。

「コーデリア、一つ頼みがあるんだ」

「何でしょうか？」

「思う存分、俺のことを撫で回してくれ」

「え？」

「……人間の姿のままでは、君に何をしでかすかわからないからな」

「えぇっ!?」

ぼそりと呟きを落としたのを最後に、レオンハルトの姿がかき消える。

入れ替わりに現れた獅子は、一直線にコーデリアにじゃれかかってきた。

「がうっ!!」

「わきゃっ!?」

コーデリアを押し倒す勢いで、獅子が身を寄せてくる。

いつもの仔獅子の姿とは違い、今のレオンハルトはたてがみを備えた大人《おとな》の獅子の姿だ。

大きくなっても懐っこさは変わらず、むしろより過激になっているくらいで、コーデリアに頭をこすりつけてくる。

「く、くすぐった……!!」

ふわふわとしたたてがみの先端が頬を撫で、コーデリアはたまらず笑いだす。

するとレオンハルトも嬉しそうに、頭を撫でやすい位置にすり寄せてきた。

「ま、待って。今撫でますので落ち着いてくださいっ!!」

「ががうっ!!」

コーデリアの声に、レオンハルトの叫びが重なった。


――――『思う存分、俺のことを撫で回してくれ』。

レオンハルトの言葉通りコーデリアは、もふもふな毛皮と恥ずかしさに溺《おぼ》れそうになりながらも、大きな猫のようなレオンハルトの頭を、何度も撫でてやったのだった。

あとがき

こんにちは。作者の桜井悠です。

このたびは、本作を手に取っていただきありがとうございます。

本作、「妹に婚約者を取られたら、獣な王子に求婚されました～またたびとして溺愛されてます～」は、小説家になろうに投稿していた作品を、書籍の形にまとめたものになります。加筆修正した本編と、書き下ろし番外編を収録させてもらっています。

番外編は、本編後半の時間軸で、コーデリアとレオンハルトの二人が中心のお話になります。レオンハルトは人間の姿、獅子の姿、仔獅子の姿の三形態全てを登場させていますので、楽しんでいただけたら嬉しいです。

レオンハルトには、私なりの「理想の王子様」成分と、もふもふ成分を目いっぱい詰め込んであります。かっこいい、もふりたい。そんなヒーローを目標に書きました。

またたび――コーデリアに関わると、突飛な言動が飛び出すレオンハルトですが、イラストの氷堂れん様によって、凛々しい美青年として描いていただけました。カラーピンナップや挿絵の、獅子の姿のレオンハルトもかっこよく必見です。

主人公であるコーデリアも、素敵なドレスで描いていただけました。表紙の青色のドレスは、作中でレオンハルトに贈られた品です。

表紙では他にも、コーデリアの手袋に手を添えるレオンハルトなど、本編中の要素をイラストで表現していただいております。タイトルロゴも、「獣」の部分に肉球マークがあしらわれていて、凝ったものになっています。素敵なイラストを描いてくださった氷堂れん様、イラストを引き立てるデザインをしていただいたデザイナー様、それに改稿作業でお世話になった編集や校正の方々には、感謝してもし足りません。

たくさんの方のおかげで書籍となった本作ですが、幸運なことに、同じ世界を舞台にした小説が、Mノベルスより発売されています。「転生先で捨てられたので、もふもふ達とお料理します〜お飾り王妃はマイペースに最強です〜」というタイトルで、挿絵は一迅社文庫アイリスでも美しいイラストを描かれている凪かすみ様です。狼に変身する国王と、お飾り王妃になった主人公のもふもふファンタジーとなっていますので、本作と合わせて読んでいただけたら幸いです。

これからも私は、もふもふした獣を愛でつつ、創作活動を続けていきたいと思っています。ここまでお読みいただき、どうもありがとうございました。またどこかでお会いする日を、楽しみにお待ちしていますね。

妹《いもうと》に婚約者《こんやくしゃ》を取《と》られたら、獣《けもの》な王子《おうじ》に求婚《きゅうこん》されました
～またたびとして溺愛《できあい》されてます～

2020年2月5日　初版発行
2022年5月16日　第2刷発行

初出……「妹に婚約者を取られたら、獣な王子に気に入られました（※またたびとして）」
小説投稿サイト「小説家になろう」で掲載

著者　桜井 悠

イラスト　氷堂れん

発行者　野内雅宏

発行所　株式会社一迅社
〒160-0022 東京都新宿区新宿3-1-13 京王新宿追分ビル5F
電話　03-5312-7432（編集）
電話　03-5312-6150（販売）
発売元：株式会社講談社（講談社・一迅社）

印刷所・製本　大日本印刷株式会社
ＤＴＰ　株式会社三協美術

装幀　世古田敦志・前川絵莉子（coil）

ISBN978-4-7580-9243-2

Printed in JAPAN

おたよりの宛て先
〒160-0022 東京都新宿区新宿3-1-13 京王新宿追分ビル5F
株式会社一迅社　ノベル編集部
桜井《さくらい》 悠《ゆう》 先生・氷堂《ひどう》れん 先生

IRIS NEO